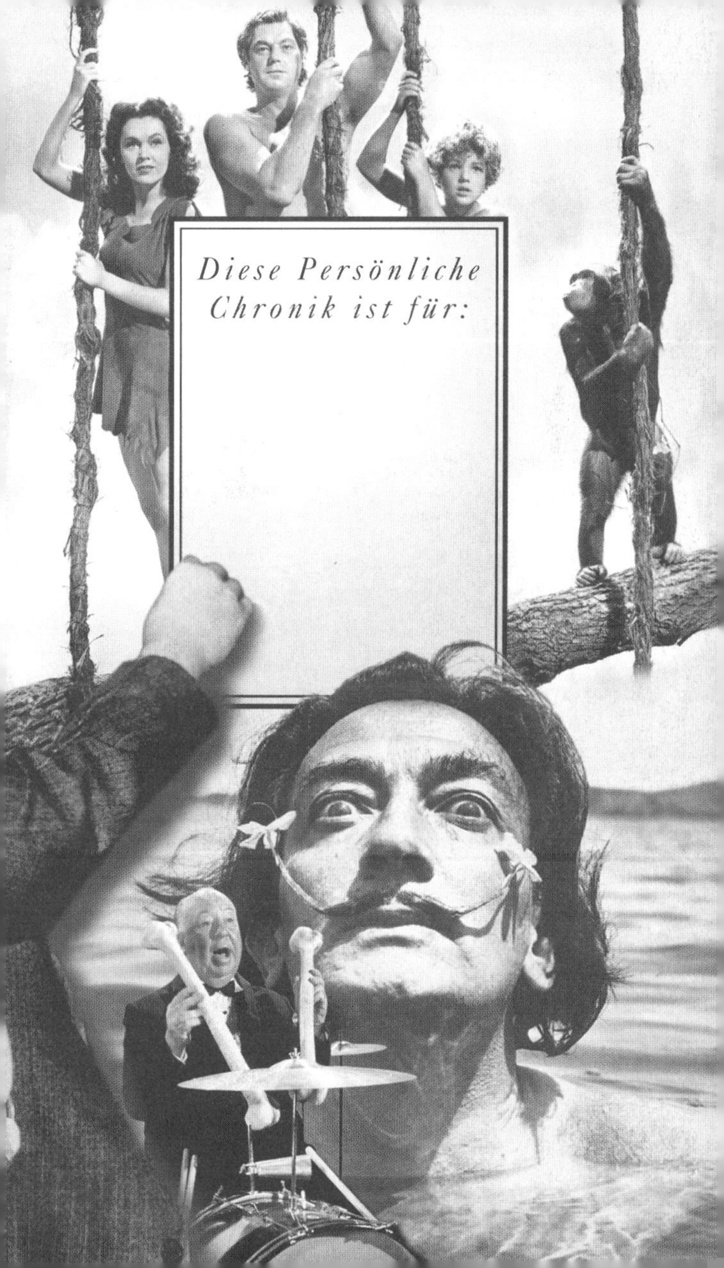

Diese Persönliche Chronik ist für:

Das Buch vom

14.

MAI

Ein ganz besonderer Tag

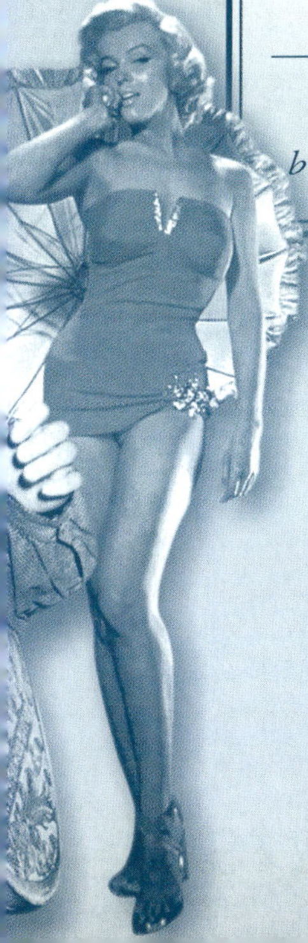

... ein ganz besonderer Tag

Auch als Wonnemonat ist der fünfte Monat des Julianischen Kalenders bekannt. Dem altitalischen Gott Maius, dem Beschützer des Wachstums, verdankt er seinen Namen. Bereits seit dem 13. Jahrhundert wird in Westeuropa der Frühling in Form von Maifeiern und Maiumzügen begrüßt. Namenspatrone sind Christian sowie Bonifatius, einer der vier Eisheiligen, die noch einmal Frost bringen können.
Schon immer war der 14. Mai ein Tag großer geschichtlicher Ereignisse und der Geburtstag wichtiger Persönlichkeiten:

1610 ermordete der katholische Fanatiker François Ravaillac den französischen König Heinrich IV.
1643 wurde der erst vier Jahre alte Ludwig XIV. neuer König von Frankreich, stand allerdings bis 1661 unter Vormundschaft der Königinmutter.
1796 führte der englische Arzt Edward Jenner die erste Pockenschutzimpfung durch.

Der kroatische Präsident Franjo Tudjman wurde am 14. Mai 1922 geboren, der US-amerikanische Popsänger Bobby Darin kam am 14. Mai 1936 und die deutsche Autorin Karin Struck am 12. Mai 1947 zur Welt.

Im Zeichen des Stieres

21. April bis 20. Mai

Der 14. Mai ist der vierte Tag der letzten Stier-Dekade. Das Sternzeichen des Stier (Taurus) gehört zu den Tierkreiszeichen, denen in der Astrologie die Eigenschaften Pflichtgefühl und Zuverlässigkeit zugewiesen werden. Es wird dem Planeten Venus zugeordnet und in der Legende mit dem griechischen Götterkönig Zeus in Verbindung gebracht. Er brachte Europa – so beschreibt es die Sage – in Gestalt eines Stieres nach Kreta.

Den Menschen, die unter dem Sternzeichen des Stier geboren werden, wird nachgesagt, über eine große Ausdauer zu verfügen und nach Beständigkeit zu streben. Dabei haben Stier-Geborene immer einen Blick für das Schöne. Hast und Eile beim Überlegen sind den Stier-Geborenen fremd, ihre wahre Begabung liegt in der Einschätzung von Situationen. So finden sich in ihren Reihen viele Herrscher, Industrielle und Politiker, aber auch Künstler und Sportler. Der Verleger Georg von Holtzbrinck, Papst Johannes Paul II. und der schwarze Bürgerrechtler Malcolm X sind ebenso im Zeichen des Stieres geboren wie Wolfgang Borchert, Max Frisch und der Boxer Joe Louis. Die größte Gefahr für den Stier ist ein gelegentlicher Hang zur Kleinlichkeit. Er neigt aber auch dazu, wegen fehlender Risikobereitschaft in der Konvention zu verharren.

1900–1909

Highlights des Jahrzehnts

1900

- Weltausstellung in Paris
- Niederschlagung des Boxeraufstandes in China
- Uraufführung der Oper »Tosca« von Giacomo Puccini in Rom
- Probefahrt des ersten Zeppelins »LZ 1«

1901

- Die britische Königin Victoria stirbt
- Erste Nobelpreise verliehen
- Thomas Mann veröffentlicht die »Buddenbrooks«
- Mordattentat auf US-Präsident McKinley, Theodore Roosevelt wird Nachfolger

1902

- Beendigung des Burenkrieges in Südafrika
- Krönung Eduards VII. zum König von Großbritannien
- Inbetriebnahme der Transsibirischen Eisenbahn
- Kunstströmung »Jugendstil« auf dem Höhepunkt

1903

- Serbischer König Alexander I. ermordet
- Erste Tour de France
- Erster Motorflug der Brüder Wright
- Kampf der Suffragetten um das Frauenwahlrecht
- Margarethe Steiff präsentiert den »Teddy-Bären«

1904

- Hereroaufstand in Deutsch-Südwestafrika
- Beginn des Russisch-Japanischen Krieges
- Arthur Korn gelingt die erste Bildtelegraphie

1905

- Petersburger »Blutsonntag«
- Tangerbesuch Wilhelms II. führt zur Ersten Marokkokrise
- Albert Einstein entwickelt »Spezielle Relativitätstheorie«
- Künstlergemeinschaft »Die Brücke« wird gegründet

1906

- Revolutionäre Unruhen und erstes Parlament in Rußland
- Roald Amundsen duchfährt die Nordwestpassage
- Dreyfus-Affäre beigelegt
- Erdbeben verwüstet San Francisco

1907

- Pablo Picasso malt »Les Demoiselles d'Avignon« und begründet den Kubismus
- Erste Farbfotografien von Louis Jean Lumière

1908

- Ford baut Modell T (»Tin Lizzy«)
- Österreich-Ungarn annektiert Bosnien und Herzegowina
- Durchbruch der olympischen Idee bei Spielen in London
- 30 000 Jahre alte Statuette (Venus von Willendorf) gefunden

1909

- Robert E. Peary erreicht als erster Mensch den Nordpol
- Louis Blériot überfliegt den Ärmelkanal
- Unruhen in Persien: Schah Mohammed Ali dankt ab

◀ **Opernstar Enrico Caruso als Bajazzo an der New Yorker »Met« (1903)**

Montag 14. Mai

Politik

Die Gesellschaft zur Förderung der deutschen Ansiedelungen in Palästina m.b.H. wird in Stuttgart gegründet. Palästina geriet erst 1897 durch den von Theodor Herzl einberufenen ersten Zionistenkongreß ins Blickfeld der Öffentlichkeit. Als Ziel proklamiert die dort gegründete Zionistische Organisation die Schaffung einer »öffentlich-rechtlich gesicherten Heimstätte« für das jüdische Volk.

Politik

Das Bahnfahren in Süddeutschland bleibt teuer, berichtet der bayerische Außenminister Friedrich August Ernst Gustav Christoph Krafft Freiherr von Crailsheim im Landtag nach Gesprächen mit den süddeutschen Bahnverwaltungen.

Gesellschaft

Die Forderung, daß sich Bedienstete in Staat- und Verwaltung gewerkschaftlich organisieren dürfen, lehnt die französische Nationalversammlung ab.

Wetter

Das Wetter im Mai 1900 ist etwas zu kalt. Die Durchschnittstemperaturen liegen mit 12,9 °C deutlich unter dem langjährigen Mittel (13,7 °C).

Dienstag 14. Mai

Gesellschaft

Der 33jährige Maxim Gorki, den vor allem seine 1898 veröffentlichten Skizzen und Erzählungen bekannt machten, wird in Petersburg verhaftet. Er steht den oppositionellen Sozialisten nahe und wird beschuldigt, Verfasser einer Protesterklärung russischer Intellektueller gegen das brutale Auseinandertreiben einer Studentendemonstration in Petersburg am 4. März gewesen zu sein.

Politik

Der britische Premierminister Robert Cecil, Marquess of Salisbury, ein entschiedener Konservativer, spricht sich gegen jede Form einer irischen Selbstregierung (Home Rule) aus, wie sie vom früheren liberalen Regierungschef William Ewart Gladstone (1809–1898) vertreten wurde. Gladstone wollte den Iren ein eigenes Parlament, aber keine Autonomie zubilligen.

Preise in den Jahren 1900–1909

1 kg Butter	2,46
1 kg Mehl	0,35
1 kg Fleisch	1,55
1 Ei	1,05
1 l Vollmilch	1,00
10 kg Kartoffeln	0,65

in Mark, Stand 1905

Wetter

Ungewöhnlich warm ist es im Mai 1901. Die Durchschnittstemperaturen liegen mit 15,0 °C deutlich über dem langfristigen Mittel (13,7 °C).

Mittwoch 14. Mai

Politik

Frankreichs Staatspräsident Emile Loubet beginnt an Bord des Schiffes »Montcalm« in Brest seine Reise nach Petersburg zum Zaren Nikolaus II. Der dreitägige Besuch in der russischen Hauptstadt soll das demonstrative Einvernehmen zwischen Frankreich und seinem Bündnispartner im Osten betonen. Der Zar erhofft sich Unterstützung für seine Interessen auf dem Balkan.

»Linie ohne Bauch«: Das Korsett, ein modisches Muß für die elegante Frau

Politik

Der Thronstreit in Spanien eskaliert: In einem offiziellen Aufruf an das spanische Volk fordert Don Carlos, der im französischen Exil lebende Gegenkönig Karl VII. von Spanien, zu Protesten gegen die Krönung von Alfons XIII. auf. Dennoch übernimmt Alfons XIII. an seinem 16. Geburtstag, dem 17. Mai, die Regierungsgewalt.

Wetter

Den Regenschirm benötigt man häufiger im Mai 1902, der Niederschlag liegt mit 61,1 mm deutlich über dem langjährigen Mittel (46 mm).

Donnerstag 14. Mai

Politik

Gute Figur in Sakkoanzug und Wettermantel: Die Mode für den Herrn

Die Zweite Kammer des Landes Württemberg beschließt die Festsetzung des Höchstbetrages der Einkommensteuer auf fünf Prozent bei einem Einkommen von 200 000 Mark im Jahr. Die Einkommensteuer ist – historisch gesehen – noch eine recht junge Steuer, sie wurde erst 1808 durch den preußischen Reformer Heinrich Friedrich Karl Freiherr vom und zum Stein entwickelt und 1811 von Finanzminister Karl August Fürst von Hardenberg erstmals in Preußen eingeführt. Zur Besteuerung wurden die Einkommensbezieher in verschiedene Klassen eingeteilt.

Kultur

Der französische Filmpionier Léon Gaumont kündigt die Gründung eines Zweigunternehmens in London an.

Wetter

Das Wetter im Mai 1903 ist für Ausflüge gut geeignet. Die mittlere Lufttemperatur liegt mit 14,9 °C deutlich über dem langjährigen Mittel (13,7 °C).

Samstag 14. Mai

Politik

Die erst im April 1904 besiegelte Annäherung ihrer beiden Staaten betonen mit einem Treffen in Risch Fürst Ferdinand I. von Bulgarien und König Peter I. Karadordevic von Serbien. Das Bündnis der beiden südosteuropäischen Monarchien ist in erster Linie gegen Österreich-Ungarn und dessen Expansionspolitik auf dem Balkan gerichtet, die 1908 zur Annexion von Bosnien und Herzegowina führt. Serbien meldet daraufhin im Februar 1909 eigene Ansprüche auf Bosnien und Herzegowina an.

Gesellschaft

Die Vertreter von 82 deutschen Baugenossenschaften fordern auf ihrem Verbandstag in Berlin eine stärkere staatliche Unterstützung bei der Baufinanzierung. Vorgeschlagen wird die Gründung von staatlichen Baupfandbriefbanken. Insbesondere in Berlin und Ballungsräumen wie dem Ruhrgebiet fehlt es wegen der starken Zuwanderung an kleinen Mietwohnungen.

Wetter

Normal ist das Wetter im Mai 1904. Die Temperaturen liegen im Durchschnitt mit 13,6 °C nur geringfügig unter dem langjährigen Mittelwert von 13,7 °C.

Sonntag 14. Mai

Politik

Der Hamburger Senat regt die Einführung eines Klassenwahlrechts an, um die Zunahme der SPD-Stimmen zu verhindern. Vorgesehen ist die Teilung der Wahlberechtigten gemäß Einkommen in drei Gruppen: Jede Gruppe soll 24 Abgeordnete wählen.

Nach einer heutigen Pressemeldung starben seit dem Tag des ersten Auftretens der Genickstarre-Epidemie, dem 19. November 1904, in Oberschlesien 1100 Menschen an Hirnhautentzündung. Auch weigern sich die thüringischen Staaten, Strafgefangene aus »Genickstarre-Gebieten« in thüringischen Gefängnissen aufzunehmen.

Politik

In Moskau werden Flugblätter verteilt, in denen die Bevölkerung aufgefordert wird, »alle Juden zu erschlagen«, da sie Rußland ins Verderben führten. Zur Verhütung von Pogromen wird die Garnison verstärkt. Am 7. Mai begann in Schitomir in der Ukraine ein dreitägiges Pogrom, bei dem fast 200 Menschen ums Leben kamen. Im unruhigen Revolutionsjahr 1905 folgen weitere Judenprogrome, an deren Auslösung die russische Regierung nicht unbeteiligt ist. Sie haben das Ziel, die Volkswut zu kanalisieren.

Wetter

Trocken ist es im Mai 1905, mit 23 mm liegen die Niederschläge weit unter dem langjährigen Mittelwert (46 mm).

Montag 14. Mai

Politik

Mit 126 zu 18 Stimmen lehnt das schwedische Oberhaus die Forderung der liberalen Regierung unter Karl Albert Staaff nach dem Mehrheitswahlrecht ab. Das Parlament verabschiedet einen Antrag auf Einführung des Verhältniswahlrechts.

Kultur

Der 17jährige Schauspieler Charlie Chaplin erhält ein Engagement in Casey´s Court Circus. Durch seine Auftritte in Londoner Vorstädten und in der englischen Provinz wird Chaplin erstmals einem größeren Publikum als Komiker bekannt.

Gesellschaft

In New York stirbt Carl Schurz, einer der bekanntesten Deutsch-Amerikaner. Der am 2. März 1829 in Liblar bei Köln geborene Schurz ging nach der gescheiterten Revolution 1848/49 nach Amerika, war 1862/63 im Bürgerkrieg General der Nordstaaten und 1877–1881 Innenminister der USA.

Wetter

Im warmen Mai 1906 liegen die Temperaturen im Durchschnitt mit 16,0 °C deutlich über dem langjährigen Mittel (13,7 °C).

1907

Dienstag 14. Mai

Politik

In Zarskoje Selo, der Residenz des russischen Herrscherhauses in der Nähe der Hauptstadt Petersburg wird eine Soldatenverschwörung gegen Zar Nikolaus II. und den Thronfolger-Großfürsten Aleksei Nikolajewitsch aufgedeckt. 28 Soldaten werden unter dem Vorwurf der Beteiligung verhaftet. Der stets in Furcht vor Attentaten und Umwälzung lebende Zar löst am 16. Juni die von den Oppositionsparteien beherrschte Staatsduma auf und erläßt ein neues Wahlgesetz, welches den konservativen Kräften Rußlands die Majorität im nächsten Parlament sichert.

Stars der Jahre 1900–1909

Isadora Duncan
Tänzerin
Gustav Mahler
Komponist/Dirigent
Anna Pawlowa
Tänzerin
Sarah Bernhardt
Schauspielerin
Orville/Wilbur Wright
Flieger

Politik

Die Einführung des allgemeinen Stimmrechts für Männer bei den Reichstagswahlen beschließt der schwedische Reichstag in Stockholm.

Wetter

Warm und trocken ist das Wetter im Mai 1907. Die mittlere Lufttemperatur liegt mit 15,0 °C deutlich über dem langjährigen Mittel (13,7 °C).

Donnerstag 14. Mai

Gesellschaft

Der Prinz von Wales eröffnet in London eine britisch-französische Leistungsschau, die in 25 eigens erbauten Pavillons untergebracht ist. Die Ausstellung symbolisiert die Zusammenarbeit (sog. entente cordiale) zwischen beiden Großmächten. Das Ausstellungsgelände erhält wegen der zahlreichen hellerleuchteten Gebäude den Namen White City (weiße Stadt); den gleichen Namen trägt das etwa 70 000 Zuschauer fassende, nahegelegene Stadion, in dem ab 13. Juli die Olympischen Spiele des Jahres 1908 stattfinden.

Rekorde 1900–1909

400 m: Maxey Long (USA) – 47,8 sec (1900)
Weitsprung: Peter O' Connor (IRL) – 7,61 m (1901)
Stabhochsprung: Walter Dray (USA) – 3,90 m (1908)
Kugelstoßen: R. Rose (USA) – 15,56 m (1909)

Politik

Einen Feldzug gegen die aufständischen Mohmand beginnen an der indisch-afghanischen Grenze britisch-indische Truppen. Obwohl die Mohmand von afghanischer Seite unterstützt werden, ist der Aufstand nach 14 Tagen niedergeworfen.

Wetter

Wärmer als üblich ist das Wetter im Mai 1908. Die durchschnittlichen Temperaturen überschreiten mit 14,7 °C spürbar das langjährige Mittel (13,7 °C).

Freitag 14. Mai

Politik

Das neue Reichsbankgesetz wird vom deutschen Reichstag gebilligt. Es sieht u.a. vor, Banknoten uneingeschränkt als gesetzliches Zahlungsmittel anzuerkennen. Zugleich wird die Menge der Banknoten erhöht: Bis zum Jahresende 1909 sollen 750 Mio. Mark in Umlauf gebracht werden. Bisher war die Reichsbank verpflichtet, Noten auf Wunsch in Gold umzutauschen. Mit dem neuen Gesetz stehen die Banknoten nun gleichberechtigt neben den Goldmünzen.

Politik

Vertreter der vier britischen Südafrika-Kolonien beschließen in Johannisburg die Gründung einer Südafrikanischen Union mit gemeinsamer Verfassung, die von der weißen Bevölkerung während einer Abstimmung verabschiedet werden soll. Zu dem neuen Staat gehören die Kolonien Natal, Transvaal, Oranje und Kapkolonie. Pretoria wird zum Regierungssitz, Kapstadt zum Sitz des Parlaments bestimmt.

Wetter

Für die Jahreszeit zu kalt ist es im Mai 1909. Die Lufttemperaturen liegen mit 12,0 °C im Durchschnitt deutlich unter dem Mittel (13,7 °C).

1910-1919

Highlights des Jahrzehnts

1910

- Georg V. wird nach dem Tod Eduards VII. britischer König
- Der Halleysche Komet passiert die Erde
- Bürgerliche Revolution beendet Monarchie in Portugal
- Wassily Kandinsky begründet die abstrakte Malerei
- Sieg des Schwarzen Jack Johnson bei Box-WM

1911

- Bürgerkrieg in Mexiko
- »Panthersprung nach Agadir« löst Zweite Marokkokrise aus
- Militärputsch leitet chinesische Revolution ein
- Roald Amundsen gewinnt den Wettlauf zum Südpol

1912

- Erster Balkankrieg
- Woodrow Wilson wird 28. US-Präsident
- Untergang der »Titanic«
- Büste der ägyptischen Königin Nofretete gefunden

1913

- Zweiter Balkankrieg
- Niels Bohr entwirft neues Atommodell
- Größter Bahnhof der Welt (Grand Central Station) in New York eingeweiht

1914

- Österreichs Thronfolger in Sarajevo ermordet
- Ausbruch des Ersten Weltkrieges
- Eröffnung des Panamakanals

1915

- Stellungskrieg im Westen
- Beginn der Ostoffensive
- Charlie Chaplin wird mit »Der Tramp« Star des US-Kinos
- Versenkung der »Lusitania« durch ein deutsches U-Boot

1916

- Schlacht um Verdun
- Osteraufstand in Irland niedergeschlagen
- Seeschlacht vor dem Skagerrak
- Der österreichische Kaiser Franz Joseph I. stirbt
- Rasputin ermordet

1917

- Beginn des uneingeschränkten U-Boot-Krieges
- Zar Nikolaus II. dankt ab
- Oktoberrevolution in Rußland

1918

- US-Präsident Wilson verkündet 14-Punkte-Programm zur Beendigung des Krieges
- Russische Zarenfamilie ermordet
- Waffenstillstand von Compiègne beendet Ersten Weltkrieg
- Novemberrevolution: Kaiser Wilhelm II. dankt ab, Philipp Scheidemann ruft die deutsche Republik aus

1919

- Spartakusaufstand niedergeschlagen
- Rosa Luxemburg und Karl Liebknecht ermordet
- Friedrich Ebert erster Reichspräsident
- Versailler Vertrag

◀ Im Kampf gegen widrige Verhältnisse: Charlie Chaplin als »Tramp« (1915)

Samstag 14. Mai

Die Herrenkleidung wird sportlicher. Dazu gehört der weiche Hut

Politik

In Wien demonstrieren italienische Studenten für die Errichtung einer italienischsprachigen Rechtsfakultät in der österreichischen Stadt Triest.

Gesellschaft

Die Yacht »Amphitrite« mit Griechenlands König Georg I. an Bord verliert ihre Schraube und bleibt manövrierunfähig in den Gewässern von Yallona liegen. Ein deutscher Dampfer und ein Geschwader von Torpedobooten eilen zu Hilfe.

Kultur

Die Edison Company präsentiert in Paris eine Filmadaption des Gruselromans »Frankenstein«, bei der J. Searle Dawley Regie führt. Dawley ist der Regisseur von nicht weniger als 300 Filmen, die allesamt in den Jahren 1907 bis 1918 entstehen.

Wetter

Das Wetter im Mai 1910 ist warm, aber naß. Die Niederschläge liegen mit 63 mm spürbar über dem langjährigen Mittelwert (46 mm).

Sonntag 14. Mai

Politik

Zur Niederschlagung des Aufstands in Albanien verhängt die osmanische Regierung den Belagerungszustand über den Verwaltungsbezirk Skutari (Shkodër). Der Freiheitskrieg, den die Albaner seit 1909 gegen die Herrschaft des Osmanischen Reichs führen, erreicht 1911 einen Höhepunkt, als sich auch der Stamm der katholischen Malissoren gegen die Türken erhebt.

Sport

Der italienische Automobilsportler Pietro Ceirano gewinnt auf SCAT das Langstreckenrennen um die Targa Florio auf Sizilien. Im Jahr 1906 stiftete der italienische Großgrundbesitzer Graf Vincenzo Florio das Langstreckenrennen auf seinem eigenen Grundstück in einer abgelegenen Gegend der Insel. Der Siegerpreis ist ein Silberschild (targa).

Das praktische Sportkleid für die Jagd und für Bergtouren

Wetter

Im Mai 1911 regnet es weniger als gewohnt, aber die durchschnittlichen Temperaturen entsprechen mit 13,7 °C genau dem langjährigen Mittel.

Dienstag 14. Mai

Politik

Die Flottennovelle billigt der Deutsche Reichstag nach viertägigen Beratungen. Bis 1920 sollen 41 Schlachtschiffe und -kreuzer sowie 20 große und 40 kleine Kreuzer in Dienst gestellt werden. Das Kaiserreich reagiert damit auf das Scheitern der Friedensmission des britischen Kriegsministers Richard Burdon, dessen Gespräche mit der deutschen Führung über eine Begrenzung der Flottenrüstung im Februar 1912 ergebnislos verliefen.

Gesellschaft

Angeblich nach dem Besuch eines Hamburger Nobelbordells stirbt der 70 Jahre alte dänische König Friedrich VIII. an einem Schwächeanfall. Erst in der Leichenhalle stellt sich die Identität des Verstorbenen heraus.

Politik

Spitzbergen wird von Rußland und Norwegen zu einer neutralen Insel erklärt, die allerdings von Norwegen verwaltet wird.

Wetter

Die Temperatur im Mai 1912 liegt mit 12,7 °C deutlich unter dem langjährigen Mittel (13,7 °C).

Mittwoch 14. Mai

Politik

Das Verbot von Spielkasinos lehnt mit neun gegen acht Stimmen der Budgetausschuß der französischen Abgeordnetenkammer ab. Allerdings sollen entsprechende Konzessionen zukünftig nur noch an anerkannte Kurorte verliehen werden.

Gesellschaft

Auf dem 24. Evangelisch-sozialen Kongreß in Hamburg fordert der Theologe Otto Baumgarten den Ausbau der Sozialpolitik im Deutschen Reich.

Gesellschaft

Auf einem in Weimar nach drei Tagen zu Ende gehenden Erziehungstag fordern die Teilnehmer die Beseitigung »undeutscher Einflüsse« in den Schulen und sprechen sich für die Durchsetzung des Machtanspruchs germanischer Kultur in Europa aus.

Wetter

Etwas wärmer als gewöhnlich ist es im Mai 1913. Die Temperaturen liegen mit 14,6 °C über dem Mittel (13,7 °C).

Rekorde 1910–1919

Schwimmen: H. Hebner (USA) – 1:20,8 min/ 100 m Rücken (1912)
100 m: Nina Popowa (RUS) – 13,1 sec (1913)
Hochsprung: C. Larson (USA) – 2,03 m (1917)
Speerwerfen: Jonni Myyrä (FIN) – 66,10 m (1919)

Donnerstag 14. Mai

Politik

Der deutsche Generalstabschef Helmuth von Moltke fordert in einer an Innenminister Clemens Delbrück gerichteten Denkschrift Maßnahmen zur Förderung der wirtschaftlichen Kriegsbereitschaft im Deutschen Reich. Dabei verlangt Moltke absolute Priorität für die Interessen des Generalstabs gegenüber den Belangen der Wirtschaft.

Politik

Im mexikanischen Bürgerkrieg besetzen die gegen Präsident Victoriano Huerta kämpfenden Rebellen die Hafenstadt Tampico.

Kultur

Als letztes großes Ballettereignis vor Ausbruch des Ersten Weltkriegs wird in Paris das Ballett »Josephslegende« des deutschen Komponisten Richard Strauss vom Ballets Russes des russischen Impresarios Sergei Diaghilew uraufgeführt. Der Komponist selbst dirigiert.

Wetter

Etwas ungemütlich ist das Wetter im Mai 1914. Die Niederschläge liegen mit 88 mm weit über dem langjährigen Mittel (46 mm).

1915

Freitag 14. Mai

Politik

Zu einem Aufstand der Radikalen gegen die regierenden konservativen Republikaner kommt es in Portugal. Bei Straßenkämpfen in Lissabon werden 200 Personen getötet. Ministerpräsident Joaquim Pereira Pimenta de Castro tritt zurück und wird von João Pinheiro Chagas abgelöst, der drei Tage später bei einem Attentat tödliche Verletzungen erleidet.

Gesellschaft

Britischen Presseberichten zufolge hat eine Hungersnot im Norden Nigerias bislang 30 000 Todesopfer gefordert.

Gesellschaft

Optimistisch erklärt in Berlin der Deutsche Landwirtschaftsrat, die deutsche Landwirtschaft sei in der Lage, die Ernährung der Bevölkerung für eine unbegrenzte Kriegsdauer zu gewährleisten.

Preise in den Jahren 1910–1919

1 kg Butter	2,74
1 kg Mehl	1,90
1 kg Fleisch	3,00
1 Ei	0,13
1 l Vollmilch	0,25
10 kg Kartoffeln	3,30
Stundenlohn	0,66

in Mark, Stand 1913

Wetter

Die mittlere Temperatur im Mai 1915 liegt mit 14,5 °C über dem langjährigen Mittel (13,7 °C).

Sonntag 14. Mai

Politik

Die deutsche Marineleitung gibt bekannt, daß im April 96 feindliche Handelsschiffe mit rd. 225 000 Bruttoregistertonnen versenkt worden sind.

Politik

Eine österreichische Offensive gegen die Italiener beginnt an der Front zwischen Etsch und Brenta.

Der Verband deutscher Reklamefachleute lädt zu einer Vorführung neuer Werbefilme ins Berliner Union-Filmtheater ein. Gezeigt werden u.a. neue Trickfilme und Industriewerbefilme der deutschen Firma Siemens.

Gesellschaft

In vielen katholischen Kirchen der USA werden Gedenkgottesdienste für die hingerichteten Führer des irischen Osteraufstandes gegen die Briten im April 1916 abgehalten.

Sport

In Berlin Hoppegarten gewinnt das Pferd »Taucher« unter Jockey Kasper im Sattel mit drei Längen das mit 26 000 Mark dotierte Henckel-Rennen.

Wetter

Die Temperatur im Mai 1916 liegt mit 14,4 °C über dem langjährigen Mittel (13,7 °C).

Montag 14. Mai

Politik

Rußlands Kriegs- und Marineminister Alexandr I. Gutschkow tritt zurück. Zuvor hatte der Außenminister der provisorischen bürgerlichen Regierung, Pawel N. Miljukow, den Westalliierten die Fortführung des Krieges zugesichert. Nach Protesten von Arbeitern und Soldaten mußte die Regierung dies praktisch wieder zurücknehmen.

Stars der Jahre 1910–1919

David Wark Griffith
Filmregisseur
Mary Pickford
Filmschauspielerin
Enrico Caruso
Sänger
Douglas Fairbanks
Filmschauspieler
Charlie Chaplin
Filmschauspieler

Politik

Die italienische Armee überschreitet in einer gutgeplanten Offensive den Isonzo und eröffnet die 10. Isonzoschlacht. 1915–1917 kommt es am Isonzo zu elf Schlachten zwischen Italien und Österreich. Als nach der 11. Isonzo-Schlacht die österreichische Front zusammenzubrechen droht, folgt mit deutscher Unterstützung ab dem 24. Oktober 1917 eine erfolgreiche Gegenoffensive.

Wetter

Wesentlich zu warm ist der Mai 1917. Die mittlere Lufttemperatur liegt mit 16,4 °C über dem Mittel (13,7 °C).

Dienstag 14. Mai

Politik

Der erste Erfolg des am 7. Mai geschlossenen »Friedens von Bukarest« ist die Lieferung von 150 000 Schafen und 50 000 Schweinen aus Rumänien ins Deutsche Reich. Aus der neuen Ernte Rumäniens sollen noch 400 000 t Weizen importiert werden. Der sog. Verständigungsfrieden mit dem seit 1916 von den Mittelmächten besetzten Land soll vor allem der Kriegswirtschaft der Mittelmächte Deutschland und Österreich-Ungarns dienen.

Gesellschaft

In Beaulieu bei Nizza stirbt der 77jährige James Gordon Bennett jr., der erfolgreiche Zeitungsverleger und Sportmäzen. Er schickte Henry Morton Stanley 1871 nach Afrika, um den verschollenen David Livingstone zu suchen, stiftete das 1900–1905 jährlich durchgeführte Autorennen um einen Wanderpreis und den 1906 erstmals ausgetragenen internationalen Leistungswettbewerb für Freiballone und Luftschiffe.

Wetter

Das Wetter im Mai 1918 ist deutlich zu warm. Die Durchschnittstemperaturen liegen mit 15,3 °C erheblich über dem langjährigen Mittelwert, der 13,7 °C beträgt.

Mittwoch 14. Mai

Politik

Die Friedensdelegation Deutsch-Österreichs trifft in Saint-Germain-en-Laye ein, um die Friedensbedingungen der Alliierten in Empfang zu nehmen. Der am 10. September unterzeichnete Friedensvertrag nimmt dem Nachfolgestaat der k.u.k. Monarchie u.a. Südtirol und das Kärntner Kanaltal (an Italien) sowie die Südsteiermark und das Kärntner Miestal (an Jugoslawien).

Politik

Mit milden Urteilen endet der Prozeß gegen die mutmaßlichen Mörder von Karl Liebknecht und Rosa Luxemburg in Berlin. Sechs Angeklagte werden freigesprochen; der Husar Otto Runge, der die Kolbenschläge gegen die nach dem Januaraufstand am 15. Januar gefangengenommenen KP-Führer ausführte, erhält wegen versuchten Mordes in Tateinheit mit gefährlicher Körperverletzung zwei Jahre Haft. Oberleutnant Kurt Vogel, der Leiter der Wachmannschaft und mutmaßliche Luxemburg-Mörder, soll für zwei Jahre ins Gefängnis.

Wetter

Kühl, aber trocken ist der Mai 1919. Mit 12,1°C liegen die Durchschnittswerte deutlich unter dem langjährigen Mittel (13,7 °C).

1920–1929

Highlights des Jahrzehnts

1920

- Prohibition: Alkoholverbot in den USA
- NSDAP verabschiedet ihr Programm
- Kapp-Putsch scheitert
- Erstmals Salzburger Festspiele

1921

- Alliierte besetzen das Rheinland
- Hitler wird NSDAP-Vorsitzender
- Hormon Insulin entdeckt
- Rudolph Valentino wird Frauenidol
- Vertrag von Sèvres bedeutet Ende des Osmanischen Reichs

1922

- Hungersnot in Rußland
- »Deutschlandlied« wird zur Nationalhymne erklärt
- Mussolinis Marsch auf Rom
- Gründung der UdSSR
- Grab des Tutanchamun entdeckt
- Deutsch-russische Annäherung durch Vertrag von Rapallo
- Gründung der BBC
- Johnny Weissmuller stellt über 100 m Kraul den ersten seiner 67 Weltrekorde auf (58,6 sec)

1923

- Franzosen besetzen Ruhrgebiet
- Hitlers Putschversuch scheitert
- Währungsreform beendet Inflation im Deutschen Reich
- Die Türkei wird Republik

1924

- Erstmals Olympische Winterspiele
- Revolutionsführer Lenin stirbt
- Dawes-Plan lockert finanzielle Zwänge für Deutschland
- VIII. Olympische Spiele: Läufer Paavo Nurmi gewinnt 5 Goldmedaillen

1925

- Einparteiendiktatur in Italien
- Neugründung der NSDAP
- Hindenburg wird nach dem Tod Eberts Reichspräsident
- Europäische Entspannung durch Locarno-Pakt
- Joséphine Baker wird im Bananenröckchen zum Weltstar

1926

- Japans Kaiser Hirohito besteigt den Thron
- Militärputsch Pilsudskis in Polen
- Walt Disneys Mickey Mouse erblickt das Licht der Welt
- Deutschland im Völkerbund

1927

- Stalin entmachtet politische Gegner
- Charles Lindbergh überfliegt den Atlantik
- Uraufführung des Films »Metropolis« von Fritz Lang

1928

- Briand-Kellogg-Pakt zur Kriegsächtung unterzeichnet
- Alexander Fleming entdeckt das Penicillin
- »Dreigroschenoper« von Brecht und Weill uraufgeführt
- Erste Transatlantik-Fluglinie

1929

- Youngplan regelt Reparationen
- »Schwarzer Freitag« in New York löst Weltwirtschaftskrise aus
- Erste Oscar-Verleihung in Hollywood
- Antikriegs-Roman »Im Westen nichts Neues« von Erich Maria Remarque

Unnahbare Schönheit: Marlene Dietrich auf dem Weg zum Welterfolg

Freitag 14. Mai

Politik

Die Rote Armee eröffnet eine Offensive gegen die polnischen Invasionstruppen, die am 7. Mai unter Marschall Edward Rydz-Smigly Kiew erobert hatten. In wenigen Wochen werden die polnischen Truppen zurückgedrängt.

Politik

Die württembergische Zentrumspartei benennt den früheren Reichsfinanzminister Matthias Erzberger als Kandidaten für die Reichstagswahl am 6. Juni. Erzberger war am 12. März nach einem Prozeß von seinem Ministeramt zurückgetreten.

Politik

94 Angriffe auf Polizeistationen in Irland innerhalb der letzten Tage meldet die britische Regierung. Der im Februar 1920 in das Unterhaus eingebrachte sog. Government of Ireland Act, der eine begrenzte Selbstverwaltung für Irland vorsieht, läßt den Unabhängigkeitskampf eskalieren.

Wetter

Für die Jahreszeit zu warm ist es im Mai 1920. Die mittlere Lufttemperatur liegt mit 15,0 °C deutlich über dem langjährigen Mittel (13,7 °C).

1921

Samstag 14. Mai

Politik

Gustav Ritter von Kahr, der parteilose bayerische Ministerpräsident, empfängt den NSDAP-Propagandaleiter Adolf Hitler und seinen Mitarbeiter Rudolf Heß, um Möglichkeiten zur Sammlung aller »nationalen Kräfte« zu besprechen, da die Reichsregierung die endgültige Auflösung der in Bayern tätigen Einwohnerwehren fordert.

Politik

In Prag wird die Kommunistische Partei der Tschechoslowakei gegründet. Zu den ersten Beschlüssen zählt der Eintritt in die Kommunistische Internationale (Komintern).

Kultur

Die »Grobeka« (Große Berliner Kunstausstellung) eröffnet Reichspräsident Friedrich Ebert im Moabiter Ausstellungspalast. Gezeigt werden 1300 Werke des Vereins Berliner Künstler, aber auch Bilder von Pablo Picasso.

Wetter

Den Regenschirm nicht vergessen, heißt es im Mai 1921. Bei warmem Wetter liegen die Niederschläge mit 87 mm über dem langjährigen Mittel (46 mm).

Sonntag 14. Mai

Kultur

Bei der Aufführung des Dramas »Vatermord« von Arnolt Bronnen an der Jungen Bühne in Berlin kommt es zu einem Skandal. Die Polizei muß das Theater räumen, weil engagierte Anhänger und Gegner des umstrittenen Werks ihre Auseinandersetzungen nicht beenden wollen.

Tiefe Taille und schmale Silhouette: Mode im Zeichen von Art déco

Politik

Insgesamt 1,9 Mio. Morgen Land sollen nach den Plänen der mexikanische Regierung im Rahmen einer Bodenreform enteignet und an landlose Bauern verteilt werden.

Kultur

In Leipzig berät die Hauptversammlung des Börsenvereins der Deutschen Buchhändler u.a. über Hilfsmaßnahmen für notleidende Schriftsteller.

Wetter

Etwas zu warm ist das Wetter im Mai 1922. Die Durchschnittswerte liegen mit 14,2 °C knapp über dem Mittel (13,7 °C).

Montag 14. Mai

Technik

Eine Fluglinie zwischen München und Wien wird eröffnet. Elf Tage zuvor, am 3. Mai, war die Österreichische Luftverkehrs-AG (ÖLAG) gegründet worden. Das Netz der internationalen Verkehrsfluglinien in Mitteleuropa wird 1923 allmählich erweitert: Am 3. Mai begann bereits der regelmäßige Flugverkehr zwischen Berlin und London und am 16. Juli wird auch eine Verbindung zwischen München und Budapest eingerichtet.

Vornehm und doch lässig: Burberry aus imprägniertem Baumwollstoff

Gesellschaft

Der Dollarkurs liegt bei 47 700 Mark und die Talfahrt der deutschen Währung geht munter weiter: Am 1. Juli kostet ein Dollar 160 400 Mark, einen Monat später 4 620 000 Mark und am 1. Oktober bereits 25,2 Mrd. Mark. Erst mit der Ausgabe der sog. Rentenmark am 15. November 1923 wird die Inflation überwunden.

Wetter

Zu kühl ist der Mai 1923. Die mittlere Lufttemperatur liegt mit 12,0 °C deutlich unter dem langjährigen Mittelwert (13,7 °C).

Mittwoch 14. Mai

Politik

Deutsche Industriekreise beurteilen den Dawesplan unterschiedlich. Rechtsgerichtete Gegner des Reparationsplans rufen zur Gründung einer Deutschen Industriellen Vereinigung auf, die sich gegen den gemäßigten Standpunkt des Reichsverbands der Deutschen Industrie richtet und am 19. Mai in Berlin ins Leben gerufen wird. Der schließlich im August 1924 vereinbarte Dawes-Plan macht die Zahlung der deutschen Reparationen von der Zahlungsfähigkeit Deutschlands abhängig machte und gewährt gleichzeitig eine Anleihe von 800 Mio. Goldmark.

Preise in den 20er Jahren

1 kg Butter	3,60
1 kg Mehl	0,50
1 kg Fleisch	2,50
1 Ei	0,20
10 kg Kartoffeln	0,80
Stundenlohn	0,93

in RM, Stand 1926 (ohne Inflationsjahre)

Kultur

Von dem bisher durch Lyrik bekannten deutschen Schriftsteller Joachim Freiherr von der Goltz erscheint das Festspiel »Der Stein im Schwarzwald«.

Wetter

Etwas zu warm ist es im Mai 1924. Die Durchschnittswerte überschreiten mit 14,6 °C das langjährige Mittel (13,7 °C).

Donnerstag 14. Mai

Politik

Zwei Tage nach seiner Vereidigung empfängt in Berlin der neue deutsche Reichspräsident Paul von Hindenburg das in der Reichshauptstadt akkreditierte Diplomatische Korps. Dessen Doyen ist der päpstliche Nuntius Eugenio Pacelli, 1917 zum Nuntius in Bayern und 1920 in Berlin ernannt, wo er maßgeblichen Anteil an dem Abschluß von Konkordaten mit den deutschen Einzelstaaten und dem Deutschen Reich hat. Pacelli steigt 1929 zum Kardinal und 1930 zum Kardinalstaatssekretär auf und wird 1939 zum Papst gewählt. Er nimmt den Namen Pius XII. an.

Sport

Das Endspiel um die spanische Fußballmeisterschaft zwischen dem FC Barcelona und Arenas Bilbao in Sevilla gewinnt Barcelona 2:0.

Wetter

Eine frühlingshafte Kleidung empfiehlt sich im Mai 1925. Die mittlere Lufttemperatur liegt mit 15,9 °C deutlich über dem langfristigen Jahresmittelwert, der 13,7 °C beträgt.

Rekorde in den 20er Jahren

Schwimmen: J. Weissmuller (USA) – 58,6 sec/ 100 m Freistil (1922)
10 000 m: P. Nurmi (FIN) – 30:06,1 min (1924)
1500 m: O. Peltzer (GER) – 3:51,0 min (1926)
Kugelstoßen: Emil Hirschfeld (GER) – 16,04 m (1928)

Freitag 14. Mai

Politik

Kölns Oberbürgermeister Konrad Adenauer (Zentrumspartei) lehnt es ab, nach dem Rücktritt der Reichsregierung ein neues Kabinett zu bilden, weil die rechtsliberale Deutsche Volkspartei den Vorschlag einer großen Koalition abgewiesen hat.

Politik

Eine Reform des § 218 billigt in dritter Lesung der Reichstag. Die Abtreibung ist weiterhin strafbar, das Strafmaß von 5 Jahren Zuchthaus wird allerdings in eine Gefängnisstrafe bis zu 5 Jahren umgewandelt. Während wohlhabende Frauen ungestraft im Ausland abtreiben, müssen arme Frauen weiterhin unter Lebensgefahr illegal abtreiben.

Kultur

Die erste dänische Privatschule wird im Kreis Flensburg gegründet, nachdem die preußische Regierung der dänischen Minderheit in Schleswig-Holstein eigene Schulen erlaubt hat.

Wetter

Trocken, aber deutlich zu kalt ist der Mai 1926. Die Durchschnittstemperaturen liegen mit 12,4 °C weit unter dem langjährigen Mittel (13,7 °C).

1927

Samstag 14. Mai

Technik

Der Schnelldampfer »Cap Arcona« läuft bei der Hamburger Werft Blohm und Voss vom Stapel. Das rd. 37 km/h schnelle Schiff braucht nach Rio de Janeiro nur zwölf, nach Buenos Aires 15 Tage. Zu den größten Attraktionen zählt ein Sportdeck mit einem Tennisplatz in Originalgröße, Zuschauerrängen und elektrischer Beleuchtung.

Kultur

Der Film »Die Weber« nach dem gleichnamigen sozialkritischen Theaterstück von Gerhart Hauptmann wird in Berlin uraufgeführt. Regie führt Friedrich Zelnik, das Manuskript hat Willy Haas geschrieben, die Masken und Ausstattungen stammen von George Grosz.

Kultur

Die »Große Berliner Kunstausstellung« zeigt u.a. Sonderausstellungen der sowjetischen Plakatkunst und der Architektenvereinigung »Der Ring«.

Wetter

Von Frühling keine Spur: Viel zu kalt ist es im Mai 1927. Die Lufttemperatur liegt mit 10,8 °C deutlich unter dem langjährigen Mittel (13,7 °C).

Montag 14. Mai

Politik

Über eine Erkrankung von Reichsaußenminister Gustav Stresemann berichtet ein ärztliches Bulletin. Wegen einer akuten Magen-, Darm- und Nierenerkrankung kann Stresemann – er gehört der rechtsliberalen Deutschen Volkspartei an – in den weiteren Wahlkampf für die am 20. Mai anstehende vierte Reichstagswahl in der Weimarer Republik nur vom Krankenbett aus eingreifen. Seine Partei büßt sechs Sitze ein, eindeutiger Sieger ist die SPD, die mit 153 Mandaten fast ein Viertel der Sitze (insgesamt 491) gewinnt.

Stars der 20er Jahre

Buster Keaton
Filmschauspieler
Johnny Weissmuller
Schwimmer
Rudolph Valentino
Filmschauspieler
Joséphine Baker
Tänzerin
Charles Lindbergh
Flieger

Gesellschaft

Der Schweizer Völkerrechtler Max Huber wird zum neuen Präsidenten des Roten Kreuzes in Genf ernannt. Er ist Nachfolger des kürzlich verstorbenen Gustave Ador.

Wetter

Zu feucht und für die Jahreszeit zu kalt ist es im Mai 1928. Die Durchschnittstemperaturen liegen mit 11,0 °C weit unter dem langjährigen Mittelwert (13,7 °C).

Dienstag 14. Mai

Politik

Für die unbewiesene Behauptung, Adolf Hitler sei »seelisch und materiell« von den italienischen Faschisten abhängig, verurteilt ein Gericht in München einen völkischen Ex-Reichstagsabgeordneten, zwei Journalisten und zwei SPD-Funktionäre zu Geldstrafen zwischen 800 und 1000 Reichsmark oder ersatzweise zu acht bzw. zehn Tagen Haft.

Politik

Die italienische Abgeordnetenkammer billigt die am 11. Februar geschlossenen Lateranverträge mit dem Vatikan. Dadurch wird der Vatikanstaat geschaffen.

Gesellschaft

Nach einer Serie von Pannen verzichtet der Physiker Albert Einstein auf eine Ehrengabe der Stadt Berlin. Man hatte Einstein ein Grundstück schenken wollen, es hatte sich jedoch auch im dritten Versuch nichts passendes finden lassen.

Wetter

Das Wetter im Mai 1929 ist etwas zu warm. Im Durchschnitt liegen die Temperaturen mit 14,4 °C über dem langjährigen Mittel (13,7 °C).

1930–1939

Highlights des Jahrzehnts

1930

- Mahatma Gandhi startet Salzmarsch
- Marlene Dietrich avanciert im Film »Der Blaue Engel« zum Weltstar
- Uruguay wird erster Fußballweltmeister
- Max Schmeling durch Disqualifikationssieg Boxweltmeister im Schwergewicht

1931

- Spanien wird Republik
- Vorführung des Ganzmetallflugzeugs »Ju 52« (»Tante Ju«)
- Empire State Building höchstes Gebäude der Welt
- Mafia-Boß Al Capone hinter Gittern

1932

- Staatsstreich in Preußen
- Wahlsieg der NSDAP
- Chaco-Krieg um Erdöl zwischen Bolivien und Paraguay
- Proklamation des Staates Saudi-Arabien

1933

- Adolf Hitler zum Reichskanzler ernannt
- Reichstagsbrand in Berlin
- Ermächtigungsgesetz in Kraft
- Deutsche Studenten verbrennen »undeutsche« Literatur

1934

- Nationalsozialistischer Volksgerichtshof gegründet
- »Röhm-Putsch« niedergeschlagen
- Mord an Bundeskanzler Dollfuß – Ende der 1. Republik Österreich
- Maos Kommunisten in China auf dem »Langen Marsch«

1935

- Judenverfolgung mit sog. Nürnberger Gesetzen
- Italien marschiert in Äthiopien ein
- Porsche baut Prototyp für VW »Käfer«
- Deutsch-britisches Flottenabkommen

1936

- Beginn des Spanischen Bürgerkriegs
- Volksfrontregierung in Frankreich
- Ausstellung »Entartete Kunst«
- XI. Olympische Spiele in Berlin zur NS-Propaganda genutzt
- Margaret Mitchell veröffentlicht »Vom Winde verweht«
- Schauprozesse in der UdSSR

1937

- Krieg zwischen Japan und China
- Georg VI. in London gekrönt
- Zeppelin LZ »Hindenburg« explodiert in Lakehurst
- Niederländische Kronprinzessin Juliana heiratet Prinz Bernhard

1938

- »Anschluß« Österreichs ans Deutsche Reich
- Münchner Abkommen soll Hitler bezähmen
- Terror gegen Juden in der »Reichskristallnacht«
- Otto Hahn gelingt erste Atomspaltung

1939

- Deutsche Truppen marschieren in Prag ein
- Hitler-Stalin-Pakt
- Beginn des Zweiten Weltkrieges

◀ **Gewaltfreiheit als Prinzip: Mahatma Gandhi auf seinem »Salzmarsch« (1930)**

Mittwoch 14. Mai

Kultur

Die »Frankfurter Zeitung« berichtet, daß der deutsche Dirigent Wilhelm Furtwängler seinen Entschluß bekannt gegeben hat, die Leitung der Wiener Philharmonischen Konzerte niederzulegen. Furtwängler, der 1928 die Arbeit in Wien aufgenommen hatte, begründet seine Entscheidung mit künstlerischer Überlastung.

Figurbetonte Eleganz in den 30er Jahren: Kostüm aus Wollstoff mit Lederpaspeln

Gesellschaft

Zum Ausgleich ihres Etats schlägt die Reichsanstalt für Arbeitslosenversicherung u.a. eine Senkung der Hauptunterstützung in den oberen fünf Lohnklassen und eine Beitragserhöhung auf 4% vor. Dies ruft den Widerstand der deutschen Gewerkschaften hervor. Bis Ende 1930 steigt die Zahl der Erwerbslosen auf den Höchststand von 4,357 Mio.

Wetter

Etwas zu feucht und ein wenig zu kühl, so lautet der Wetterbericht im Mai 1930. Die mittlere Lufttemperatur liegt mit 13,2 °C kaum unter dem langjährigen Mittel (13,7 °C).

Donnerstag 14. Mai

Kultur

Wegen seiner Weigerung, vor einem Konzert die faschistische Hymne spielen zu lassen, wird der italienische Dirigent Arturo Toscanini in Bologna von Faschisten öffentlich geohrfeigt und anschließend in Mailand unter Hausarrest gestellt. Dadurch ungefährdet ist allerdings sein Auftreten bei den Salzburger Festspielen, wo er bis 1937 regelmäßig als Dirigent wirkt.

Politik

Die Bank von England reduziert wegen Anstiegs des britischen Zinsniveaus den Diskontsatz um 0,5% auf 2,5%, den niedrigsten Stand seit 1911. Angesichts hoher Haushaltsdefizite und rapider Geldabflüsse vom britischen Kapitalmarkt erklärt die Bank von England am 20. September überraschend die Abkehr vom Goldstandard des britischen Pfunds.

Der Herr liebt es eher klassisch: Sommersakko aus hellem Fischgrät

Wetter

Schon fast sommerlich warm ist das Wetter im Mai 1931. Mit 16,8 °C liegen die Temperaturen deutlich über dem langjährigen Mittel (13,7 °C).

Samstag 14. Mai

Gesellschaft

»Kleinsthäuser« für Arbeitslose und Möglichkeiten zur Freizeitgestaltung in Großstädten zeigt die an diesem Tag in den Hallen unter dem Funkturm in Berlin eröffnete Sommerschau »Sonne, Luft und Haus für alle«.

Gesellschaft

Bei einem Brand auf dem französischen Postschiff »Georges Philippar«, das im Indischen Ozean zwischen Aden und Bombay verkehrt, kommen 50 Passagiere in den Flammen ums Leben; 689 Menschen können jedoch von dem sinkenden Schiff gerettet werden.

Kultur

Das neuntägige »Elsässer Musikfest« beginnt in Straßburg. An den Festspielen, die erstmals seit Ende des Ersten Weltkrieges wieder stattfinden, nimmt u.a. auch das Berliner Philharmonische Orchester unter Wilhelm Furtwängler teil.

Wetter

In etwa normal ist das Wetter im Mai 1932. Die mittlere Lufttemperatur liegt mit 14,3 °C kaum über dem langjährigen Mittel (13,7 °C).

Sonntag 14. Mai

Politik

Eine Führerversammlung des Thüringischen Landvolks fordert in Meiningen die Ablösung von Alfred Hugenberg (DNVP) als Reichsminister für Landwirtschaft durch Richard Walther Darre (NSDAP). Der »Pressezar« und Hitler-Förderer Hugenberg verliert zusehends an Einfluß.

Kultur

Der Börsenverein des deutschen Buchhandels beruft unter Leitung seines Vorstehers Friedrich Oldenbourg (München) auf seiner 108. Hauptversammlung in Leipzig einen fünfköpfigen Aktionsausschuß zur Eingliederung des Buchhandels in die neue Kulturpolitik. Im Zuge der Gleichschaltung werden alle gesellschaftlichen Organisationen gemäß dem sog. Führerprinzip neu organisiert oder gleich aufgelöst.

Stars der 30er Jahre

Louis Armstrong
Trompeter
Marlene Dietrich
Filmschauspielerin
Greta Garbo
Filmschauspielerin
Fred Astaire
Tänzer/Schauspieler
Sonja Henie
Eiskunstläuferin

Wetter

Trocken, aber etwas zu kühl ist der Mai 1933. Mit 13,2 °C liegen die durchschnittlichen Temperaturen spürbar unter dem langfristigen Jahresmittelwert (13,7 °C).

Montag 14. Mai

Politik

Im Krieg zwischen dem Imamat Jemen und dem Königreich Nedschd (Saudi-Arabien) wird der Waffenstillstand unterzeichnet, dem am 27. Juni ein Friedensschluß folgt. Der Konflikt um den strittigen Grenzstreifen Nadschran begann am 24. März . In raschem Vormarsch eroberten die Truppen des saudiarabischen Königs Abd Al Asis Ibn Saud die Küstengebiete und Hafenstädte des Jemen.

Politik

In Rom wird ein österreichisch-italienisches Außenhandelsabkommen unterzeichnet.

Technik

Die Grundsteinlegung für den Bau des Adolf-Hitler-Kanals (Gleiwitzkanal) findet im Beisein von Reichsminister und Führer-Stellvertreter Rudolf Heß in Cosel (polnisch: Kozle) statt. Er soll den alten Klodnitzkanal ersetzen und das oberschlesische Industriegebiet mit der Oder verbinden.

Wetter

Spürbar über dem langjährigen Jahresmittel (13,7 °C) liegen die Temperaturen im Mai 1934. Die mittlere Lufttemperatur beträgt 14,4 °C.

Dienstag 14. Mai

Technik

Die Eisenbahn- und Straßenbrücke über den Kleinen Belt zwischen der Insel Fünen und der Halbinsel Jütland (Dänemark) wird für den Straßenverkehr freigegeben.

Politik

In einem Strafverfahren in Bern werden die angeblichen »Protokolle der Weisen von Zion« juristisch als Fälschung entlarvt. Die antisemitische Propagandaschrift, die vorgibt, einen Plan zur Errichtung der jüdischen Weltherrschaft zu enthüllen, kam zuerst 1903 in Rußland in Umlauf.

Kultur

Der Film »Wunder des Fliegens« wird in München uraufgeführt. Unter der Regie von Heinz Paul spielt Ernst Udet die Hauptrolle. Zwei Monate zuvor hat Reichsluftfahrtminister Hermann Göring erstmals öffentlich die Existenz einer deutschen Luftwaffe zugegeben, was den Bestimmungen des Versailler Friedensvertrags von 1919 zuwiderläuft.

Wetter

Die Temperaturen im Mai 1935 liegen mit 11,5 °C deutlich unter dem langjährigen Mittel (13,7 °C).

Donnerstag 14. Mai

Kultur

Seine erste Hauptrolle spielt Curd Jürgens in dem Film »Familienparade« von Fritz Wendhausen, der in Berlin uraufgeführt wird. In weiteren Rollen sind u.a. Käthe Haack und Ellen Frank zu sehen. Jürgens spielt sonst an den Berliner Theatern.

Politik

Guatemala teilt dem Generalsekretariat des Völkerbundes in Genf mit, daß es unter Einhaltung der zweijährigen Kündigungsfrist aus dem Völkerbund ausscheide. Der Austritt erfolge vor allem aus finanziellen Gründen und auch aus der Erkenntnis heraus, daß die von den kleineren Staaten dem Völkerbund erbrachten Opfer nutzlos seien, da dieser nicht dazu in der Lage sei, die ihm gesteckten Ziele zu verwirklichen. Am 27. Juni vollzieht Nicaragua den gleichen Schritt.

Preise in den 30er Jahren

1 kg Butter	2,96
1 kg Mehl	0,47
1 kg Fleisch	1,60
1 l Vollmilch	0,23
1 Ei	0,10
10 kg Kartoffeln	0,90
1 kg Kaffee	5,33
Stundenlohn	0,78

in RM, Stand 1934

Wetter

Etwas zu warm ist das Wetter im Mai 1936. Die mittlere Lufttemperatur liegt mit 14,1 °C deutlich über dem langjährigen Mittelwert (13,7 °C).

Freitag 14. Mai

Gesellschaft

Der König von Dänemark, Christian X., feiert in Kopenhagen sein 25jähriges Thronjubiläum. Der beim Volk sehr beliebte Monarch führte 1915 die demokratische Verfassung (Grundloven) ein und bewahrte im Ersten Weltkrieg Dänemarks Neutralität.

Politik

Die Deutschnationale Volkspartei in der Freien Stadt Danzig beschließt ihre Auflösung und gibt damit dem ständigen Druck der Danziger NSDAP nach.

Politik

Wegen Abhörens des Moskauer Rundfunksenders verurteilt der Strafsenat des Oberlandesgerichts in Hamburg fünf ehemalige Mitglieder der KPD zu Zuchthausstrafen zwischen zwei und sechs Jahren.

Wetter

Im zu warmen Mai 1937 klettern die Werte mit 16,8 °C deutlich über das langjährige Mittel (13,7 °C).

Rekorde in den 30er Jahren

200 m: J. Carlton (AUS) – 20,6 sec (1932)
Weitsprung: Jesse Owens (USA) – 8,13 m (1935)
Weitsprung: Erika Junghans (GER) – 6,07 m (1939)
400 m: Rudolf Harbig (GER) – 46,0 sec (1939)

Samstag 14. Mai

Politik

Der Völkerbund in Genf entspricht einem Antrag der Schweiz, angesichts der krisenhaften Entwicklung in Europa wieder zur völligen Neutralität zurückzukehren. Seit 1920 galt für die Schweiz im Völkerbund eine Sonderregelung: Sie war nicht zur Teilnahme an militärischen, wohl aber an wirtschaftlichen Sanktionen verpflichtet.

Sport

Im Gerichtsgefängnis von Berlin-Moabit wird der deutsche Tennisspieler Gottfried von Cramm wegen angeblichen Vergehens gegen den Homosexualitätsparagraphen 175 StGB zu einem Jahr Gefängnis verurteilt.

Sport

Rechtsaußen Stanley Matthews schießt das schönste Tor beim 6:3 (4:2) der Engländer gegen die großdeutsche Nationalmannschaft in Berlin: Er läßt Torwart Hans Jakob mit einem Schuß in den Winkel keine Chance.

Wetter

Die Temperatur im Mai 1938 liegt mit 12,1 °C deutlich unter dem langjährigen Mittel (13,7 °C).

Sonntag 14. Mai

Politik

In Aachen beginnt der Führer und Reichskanzler Adolf Hitler eine fünftägige Inspektionsreise entlang der Befestigungen des sog. Westwalls bis Kehl.

Technik

Berichte über das erste deutsche Buna-Werk in Schkopau veröffentlicht die deutsche Sonntagspresse. Buna, ein Kunstwort aus Butadien und Natrium, ist synthetischer Kautschuk, der für das rohstoffarme Deutsche Reich von großer kriegswirtschaftlicher Bedeutung ist.

Sport

Das erste von vier Spielen zwischen deutschen Auswahlmannschaften und einer aus Prager Spielern bestehenden Auswahl des sog. Reichsprotektorats Böhmen und Mähren endet vor 55 000 Zuschauern im Berliner Olympia-Stadion 3:3 (1:1). Im März 1939 hat die deutsche Wehrmacht die nach der Abtrennung des Sudetenlandes (im Oktober 1938) noch verbliebene »Rest-Tschechei« besetzt.

Wetter

Die Temperaturen liegen im Mai 1939 mit 11,8 °C deutlich unter dem langjährigen Mittel (13,7 °C).

NASSAU ST.

1940–1949

Highlights des Jahrzehnts

1940

- Deutscher Luftkrieg gegen Großbritannien
- Beginn der Westoffensive
- Winston Churchill neuer britischer Premierminister

1941

- Schottlandflug von Rudolf Heß
- Deutscher Überfall auf die Sowjetunion
- Japan greift Pearl Harbor an – Kriegseintritt der USA
- »Citizen Kane« von Orson Welles in den Kinos

1942

- Wannsee-Konferenz beschließt Judenvernichtung
- 6. Armee in Stalingrad eingeschlossen
- Beginn alliierter Luftangriffe auf deutsche Städte
- »Casablanca« mit Ingrid Bergman und Humphrey Bogart uraufgeführt

1943

- Goebbels propagiert den »totalen Krieg«
- Ende der Widerstandsgruppe »Weiße Rose«
- Aufstand im Warschauer Ghetto scheitert

1944

- Alliierte landen in der Normandie
- Stauffenberg-Attentat auf Hitler scheitert
- Charles de Gaulle wird Staatschef Frankreichs
- US-Präsident Franklin D. Roosevelt zum dritten Mal wiedergewählt

1945

- KZ Auschwitz befreit
- Bedingungslose Kapitulation Deutschlands
- Vereinte Nationen gegründet
- Beginn der Potsdamer Konferenz
- US-Atombomben zerstören Hiroshima und Nagasaki

1946

- Gründung der SED
- Nürnberger NS-Prozesse
- US-Atombombentests im Südpazifik
- Hilfe durch Care-Pakete aus den USA
- Französischer Kolonialkrieg in Vietnam

1947

- Marshallplan-Hilfe für Europa
- Indien feiert Unabhängigkeit von Großbritannien
- GATT regelt den Welthandel
- Thor Heyerdahls »Kon-Tiki«-Expedition erfolgreich

1948

- Mahatma Gandhi ermordet
- Währungsreform in Ost und West
- UdSSR verhängt Berlin-Blockade
- Staatsgründung Israels
- Korea gespalten
- UNO-Menschenrechtsdeklaration

1949

- Gründung der NATO
- Grundgesetz für die Bundesrepublik Deutschland verkündet
- Konrad Adenauer erster Bundeskanzler
- Proklamation der Deutschen Demokratischen Republik
- Chinesische Revolution

7. Mai 1945: Ganz New York feiert das Kriegsende in Europa

Dienstag 14. Mai

Politik

Obwohl schon über die Kapitulation verhandelt wird, greift das deutsche Kampfgeschwader 54, das nicht mehr rechtzeitig zurückbeordert werden kann, Rotterdam an. 900 Menschen kommen bei diesem ersten schweren Luftangriff auf eine Großstadt ums Leben. Einen Tag später strecken die niederländischen Streitkräfte die Waffen.

Politik

Königin Wilhelmina der Niederlande bildet in London eine Exilregierung.

Politik

Angesichts des raschen Fortgangs der deutschen Westoffensiven kommt es in weiten Teilen der Schweiz zu einer Panik, da sich in der Armee das Gerücht über einen unmittelbar bevorstehenden deutschen Angriff auf die Schweiz verbreitet. Vor allem die Bevölkerung der grenznahen Städte der Nord- und Ostschweiz fürchtet sich.

Wetter

Etwas zu kühl ist das Wetter im Mai 1940. Die mittlere Lufttemperatur liegt mit 13,2 °C ein wenig unter dem langjährigen Mittel (13,7 °C).

1941

Mittwoch 14. Mai

Politik

Sechs deutsche Bomber und drei Zerstörerflugzeuge werden zur Unterstützung der seit dem 2. Mai gegen britische Truppen kämpfenden irakischen Armee über Damaskus und Palmyra nach Mosul überführt. Die Hilfe ist jedoch vergeblich.

Politik

Der schweizerische Theologiestudent Maurice Bavaud wird in Berlin-Plötzensee hingerichtet. Er hatte im Oktober 1938 ein Attentat auf Adolf Hitler geplant.

Politik

Der deutschen Presse wird vom Propagandaministerium untersagt, weiter über den »Fall Heß« zu berichten. Der »Stellvertreter des Führers« war am 10. Mai auf eigene Faust nach Großbritannien geflogen, um einen Frieden auszuhandeln.

Preise in den 40er Jahren

1 kg Butter	3,50
1 kg Mehl	0,45
1 kg Fleisch	1,60
1 l Vollmilch	0,26
1 Ei	0,12
10 kg Kartoffeln	1,00
1 kg Zucker	0,76
Stundenlohn	0,81
in RM, Stand 1943	

Wetter

Die Temperaturen im Mai 1941 liegen mit 10,7 °C deutlich unter dem Mittelwert (13,7 °C).

Donnerstag 14. Mai

Politik

Aus Anlaß seines 25jährigen Bischofsjubiläums appelliert Papst Pius XII. in Rom an die Staatsmänner der Erde, die Völker auf den Weg eines »gedeihlichen Friedens« zu bringen.

Politik

Die Partei Yukosan Sejikai wird in Tokio gegründet. Ihr wichtigstes Anliegen ist die Errichtung einer sog. ostasiatischen Wohlstandszone, eine propagandistische Verbrämung der wirtschaftlichen und politischen Dominanz Japans in Ostasien.

Stars der 40er Jahre

Humphrey Bogart
Filmschauspieler
John Wayne
Filmschauspieler
Katharine Hepburn
Filmschauspielerin
Hans Albers
Filmschauspieler
Joe Louis
Boxer

Politik

Deutsche Sturzkampfflugzeuge beschädigen im Nordmeer den britischen Kreuzer »Trinidad« so schwer, daß er am Tag darauf aufgegeben wird.

Wetter

Das Wetter im Mai 1942 ist in etwa normal. Die mittlere Lufttemperatur liegt mit 13,3 °C kaum unter dem langjährigen Mittel (13,7 °C).

Freitag 14. Mai

Politik

Nachdem in der Nacht britische Bomber Bochum und die Skoda-Werke bei Pilsen attackiert haben, werfen am Tage 108 US-Flugzeuge Bomben über Kiel ab, im Hafen werden drei U-Boote beschädigt.

Politik

Einen Tag nach der Kapitulation der deutschen Truppen wird der Bey von Tunis, Muhammad Munsif, von den Alliierten abgesetzt; sie werfen ihm Kollaboration mit den Achsenmächten vor.

Politik

Der Budgetausschuß des US-Repräsentantenhauses billigt die Rekordsumme von fast 30 Mrd. US-Dollar für den Kriegsschiffbau.

Gesellschaft

In der Schweiz werden bis September zur Sicherung der Versorgung mit einheimischen Brennstoffen rd. 150 Torffelder bearbeitet.

Wetter

Die Sonne scheint im Mai 1943 mit 320 Stunden länger als im langjährigen Mittel (239 Stunden).

Sonntag 14. Mai

Politik

Die vollständige Räumung der Krim durch Deutsche und Rumänen und die Bombardierung des Hafens von Neapel durch deutsche Kampfflugzeuge meldet die deutsche Wehrmacht. Im Juli 1943 waren die Alliierten auf Sizilien gelandet.

Politik

Die deutschen Generäle Erwin Rommel und Karl-Heinrich von Stülpnagel planen die Verhaftung des deutschen Führers und Reichskanzlers Adolf Hitler und seine Aburteilung durch ein deutsches Gericht. Anschließend will man die Westalliierten um einen Waffenstillstand bitten und die Truppen auf die Vorkriegsgrenzen zurückführen.

Politik

Nach Verhandlungen mit Finnland und den USA erteilt Schweden 110 staatenlosen Juden, die 1938 aus dem Deutschen Reich nach Finnland geflüchtet waren, die Genehmigung zur Einreise.

Wetter

Für die Jahreszeit zu kühl ist es im Mai 1944. Die Durchschnittstemperaturen liegen mit 12,7 °C deutlich unter dem langjährigen Mittel (13,7 °C).

Montag 14. Mai

Politik

Sechs Tage nach der bedingungslosen deutschen Kapitulation strecken die letzten deutschen Truppen in Ostpreußen (rd. 150 000 Mann) vor der Sowjetarmee die Waffen.

Politik

Britische Truppen besetzen die Nordseeinsel Helgoland. Am 18. April 1947 werden die für die deutsche Kriegsmarine angelegten Bunkeranlagen gesprengt, entgegen vieler Befürchtungen übersteht die Felseninsel die Explosion.

Rekorde in den 40er Jahren

5000 m: G. Hägg (SWE) – 13:58,2 min (1942)
Hochsprung: Fanny Blankers-Koen (HOL) – 1,71 m (1943)
Marathon: Suh Yun Bok (KOR) – 2:25:39 h (1947)
Speerwerfen: Natalia Smirnizkaja (URS) – 53,41 m (1949)

Gesellschaft

In Flensburg und Schleswig öffnen Banken und Sparkassen wieder ihre Schalter. Am selben Tag wird die Verdunkelung in Berlin aufgehoben, zugleich wird eine Sperrstunde zwischen 22.30 und 5 Uhr eingerichtet.

Wetter

Das Wetter im Mai ist 1945 angenehm warm. Die mittlere Lufttemperatur liegt mit 14,3 °C spürbar über dem langjährigen Mittel (13,7 °C).

Dienstag 14. Mai

Das Extravagante an diesem Sommerkleid – der mit Tapeziernägeln besetzte Gürtel

Politik

Kritik am taktlosen Benehmen deutscher Behörden gegenüber den Siegermächten übt die alliierte Kommandantur und droht mit Strafen und Entlassung.

Politik

Der SED-Parteivorstand billigt einen Gesetzesvorschlag zur Demokratisierung des Schulwesens in der sowjetischen Zone. Ein entsprechendes Gesetz tritt am 1. Juli 1946 in Kraft.

Gesellschaft

Heute vor 200 Jahren führte der englische Arzt Edward Jenner die erste Schutzimpfung durch. Einem Jungen wurden Kuhpockenerreger eingeimpft. Ein Test bewies die Antikörperentwicklung.

Wetter

Spürbar frühlingshaft ist das Wetter im Mai 1946. Die durchschnittlichen Temperaturen liegen mit 15,8 °C deutlich über dem langjährigen Mittelwert (13,7 °C).

Mittwoch 14. Mai

Politik

Aufgeschreckt durch die Meldungen von Hungerunruhen und Massendemonstrationen für eine Erhöhung der Lebensmittelrationen in den westlichen Besatzungszonen kündigt das US-Kriegsministerium die Lieferung von 1,2 Mio. t Lebensmitteln, vor allem Korn, in die britische und amerikanische Zone an. Die USA erwarten 1947 die bisher größte Weizenernte in ihrer Geschichte. Die Ernte soll bei etwa 27,2 Mio. t liegen.

Politik

In Conakry wird die Demokratische Partei Guineas gegründet. Die Organisation wird unter Führung von Sékou Touré zur führenden Kraft der antikolonialen Bewegung in Guinea, das – nachdem die Bevölkerung 1958 mit 95% für die Selbständigkeit Guineas stimmt – von Frankreich unabhängig wird.

Das Modemagazin »Esquire« stellt diese Abendmode für den Herrn vor

Wetter

Wesentlich zu warm ist das Wetter im Mai 1947. Die durchschnittliche Lufttemperatur liegt mit 16,5 °C erheblich über dem langjährigen Mittel (13,7 °C).

Freitag 14. Mai

Politik

David Ben Gurion proklamiert in Tel Aviv wenige Stunden vor Abzug der letzten britischen Mandatstruppen aus Palästina den Staat Israel. Am 29. November 1947 hatte sich die UNO-Vollversammlung für eine Teilung Palästinas in einen jüdischen und einen arabischen Staat ausgesprochen. Die Mitgliedstaaten der Arabischen Liga erkennen diese Regelung jedoch nicht an. Daraufhin beginnt einen Tag nach der Gründung des Staats Israel die Invasion von Truppen aus Ägypten, dem Irak, Syrien, dem Libanon sowie der Arabischen Legion Transjordaniens.

Politik

Der französische Stadtkommandant von Berlin, General Jean Ganeval, verbietet die Durchführung des von der SED initiierten, offiziell aber vom Deutschen Volksrat in der Ostzone beantragten Volksbegehrens über die Einheit Deutschlands. Die SED will der Absicht der Westalliierten entgegenwirken, einen westdeutschen Teilstaat zu errichten.

Wetter

Leichte Kleidung empfiehlt sich im Mai 1948. Die Durchschnittstemperaturen liegen mit 15,0 °C deutlich über dem langjährigen Mittel (13,7 °C).

Samstag 14. Mai

Politik

Die drei westlichen Stadtkommandanten übergeben das Besatzungsstatut dem Westberliner Magistrat. Es gewährt den Deutschen eingeschränkte legislative, exekutive und judikative Gewalt. Am 23. Mai wird das deutsche Grundgesetz verkündet.

Politik

Der in den USA wegen Mißachtung des Kongresses angeklagte deutsche Kommunist Gerhart Eisler wird in Southampton an Bord des polnischen Schiffes »Batory« festgenommen. Am 27. Mai schieben ihn die Briten in die sowjetische Besatzungszone in Deutschland ab.

Sport

Durch einen Disqualifikationssieg in der dritten Runde über den Hamburger Karl Schmidt wird in Köln Lokalmatador Peter Müller Deutscher Meister der Berufsboxer im Mittelgewicht.

Wetter

Der Jahreszeit angemessen ist das Wetter im Mai 1949. Die mittlere Lufttemperatur liegt mit 14,4 °C kaum über dem langjährigen Mittelwert, der 13,7 °C beträgt.

1950–1959

Highlights des Jahrzehnts

1950

- Ausbruch des Koreakrieges
- Abschaffung der Lebensmittelmarken in Deutschland

1951

- Debatte um die Wiederaufrüstung Deutschlands
- Skandal um Hildegard Knef als »Sünderin«
- Erster Schritt zur europäischen Einigung: Montanunion perfekt
- Der persische Schah Mohammed Resa Pahlewi heiratet Soraya

1952

- Helgoland wieder unter deutscher Verwaltung
- Staatsstreich in Ägypten
- DDR riegelt Grenze ab
- Dwight D. Eisenhower wird zum 34. US-Präsidenten gewählt
- USA zünden Wasserstoffbombe
- In Deutschland bricht das Fernsehzeitalter an

1953

- Tod des sowjetischen Diktators Josef Stalin
- Volksaufstand in der DDR
- Elisabeth II. zur Königin von Großbritannien und Nordirland gekrönt
- Mount Everest: Höchster Berg der Welt bezwungen

1954

- Französische Niederlage in Vietnam
- Deutschland wird in Bern Fußballweltmeister
- Beginn des Algerienkrieges
- Mit »That's alright Mama« beginnt der Aufstieg von Elvis Presley

1955

- Die Bundesrepublik wird ein souveräner Staat
- Gründung des Warschauer Paktes
- Tragischer Tod von James Dean
- Erste »documenta«

1956

- Traumhochzeit von Grace Kelly und Rainier III. von Monaco
- Volksaufstand in Ungarn
- Suezkrise führt zu Nahostkrieg
- Musical »My Fair Lady« beginnt seinen Siegeszug um die Welt

1957

- Gründung der EWG
- »Sputnik-Schock« bildet Auftakt zu Wettlauf im All
- Heinz Rühmann als »Hauptmann von Köpenick« gefeiert
- Erste Massenimpfung gegen Kinderlähmung

1958

- De Gaulle und Adenauer begründen deutsch-französische Freundschaft
- Rock 'n' Roll-Fieber grassiert weltweit
- Pelé – Star der Fußballweltmeisterschaft in Schweden
- Atomium ist Wahrzeichen der Weltausstellung in Brüssel

1959

- Fidel Castro übernimmt die Macht in Kuba
- Hula-Hoop-Welle schwappt aus den USA nach Europa
- Premiere des Marilyn-Monroe-Films »Manche mögen's heiß«
- Erste Bilder von der Rückseite des Mondes

Rock around the clock: Bill Haley (vorn) »erfindet« den Rock 'n' Roll

Sonntag 14. Mai

Gesellschaft

Mit der Linie Kiel-Korsør (Dänemark) wird die erste regelmäßige Schiffsverbindung zwischen der Bundesrepublik Deutschland und dem Ausland eröffnet.

Politik

Bei den Parlamentswahlen in der Türkei erhält die bislang oppositionelle Demokratische Partei die absolute Mehrheit der Sitze. Die seit 1927 regierende Republikanische Volkspartei stellt statt 402 nun noch 69 Abgeordnete.

Gesellschaft

Nach 15jähriger Pause ist Köln seit dem 6. Mai wieder Veranstaltungsort einer Foto- und Kinoausstellung. Die gezeigten Produkte sind deutlich weiterentwickelt worden und können auch international konkurrieren. Die optische Industrie gehört zu den ertragreichsten Devisenquellen der bundesdeutschen Wirtschaft.

Wetter

Spürbar zu warm ist das Wetter im Mai 1950. Die Durchschnittstemperaturen liegen mit 15,4 °C weit über dem langjährigen Mittel (13,7 °C).

1951

Montag 14. Mai

Politik

Eine Pockenepidemie bricht im südlichen Holland aus. Gesundheitsämter und Verwaltungen ergreifen Gegenmaßnahmen. »Um ein weiteres Umsichgreifen der Krankheit zu verhindern, hat die holländische Armee am Freitag die Einberufung von Reservisten eingestellt«, meldet die »Süddeutsche Zeitung«.

Stars der 50er Jahre

Marilyn Monroe
Filmschauspielerin
James Dean
Filmschauspieler
Elvis Presley
Sänger
Sophia Loren
Filmschauspielerin
Brigitte Bardot
Filmschauspielerin

Sport

Der Italiener Alberto Ascari gewinnt auf einem Ferrari den Automobilpreis von Monza. Er fährt eine Durchschnittsgeschwindigkeit von 163,882 km/h.

Sport

Durch ein 12:12 nach 24 Partien gegen seinen Landsmann und Herausforderer David Bronstein bleibt Michail Botwinnik (UdSSR) Schach-Weltmeister.

Wetter

Die Temperatur im Mai 1951 liegt mit 12,4 °C deutlich unter dem langjährigen Mittel (13,7 °C).

Mittwoch 14. Mai

Politik

In einem Antwortschreiben auf die sog. Kreml-Note vom 9. April 1952 betonen die Vereinigten Staaten, Großbritannien und Frankreich ihren Wunsch nach gesamtdeutschen Wahlen. In ihren Erklärungen vom 10. März und 9. April hatte die UdSSR die Wiederherstellung der deutschen Einheit, einen Abzug der Besatzungstruppen sowie auch freie Wahlen in ganz Deutschland nach vorheriger Bildung einer gesamtdeutschen Regierung angeboten. Bei den Westmächten stößt diese Idee eines neutralen Deutschland auf Ablehnung.

Preise in den 50er Jahren

1 kg Butter	6,75
1 kg Mehl	0,76
1 kg Fleisch	5,01
1 l Vollmilch	0,40
1 Ei	0,23
10 kg Kartoffeln	2,14
1 kg Kaffee	21,40
Stundenlohn	1,96

in DM, Stand 1955

Technik

Ihre erste Probefahrt unternimmt die »United States«, das neue Flaggschiff der US-Passagierschifflotte. Am 7. Juli holt sich der 53 329 Bruttoregistertonnen große Luxusliner das »Blaue Band« für die schnellste Atlantiküberquerung.

Wetter

Im kühlen Mai 1952 liegt die Lufttemperatur mit 12,8 °C unter dem langjährigen Mittel (13,7 °C).

Donnerstag 14. Mai

Politik

US-Präsident Dwight D. Eisenhower erklärt sich zu einem Treffen mit der Sowjetführung bereit, verlangt zuvor aber Beweise für die Verständigungsbereitschaft der UdSSR. Erst 1959 kommt es zu einer Begegnung, als der sowjetische Regierungschef Nikita Chruschtschow in die USA reist.

Gesellschaft

In der Innenstadt von Hannover kommt es in der Nacht zum Freitag zu einer mehrstündigen Straßenschlacht zwischen etwa 10 000 überwiegend jugendlichen Personen und der Polizei. Die Krawalle entstehen, als die Polizei mehrere Jugendliche vertreibt, die in einem Brunnen vor dem Hauptbahnhof baden.

Kultur

Der Tierfilmer Heinz Sielmann hat seinen ersten Fernsehauftritt: Der NWDR in Hamburg zeigt seinen Film »Das Jahr des Eichhörnchens«.

Wetter

Deutlich zu warm ist es im Mai 1953. Mit 14,7 °C klettern die durchschnittlichen Temperaturen spürbar über das langjährige Mittel (13,7 °C).

Freitag 14. Mai

Politik

Eine Woche nach der französischen Niederlage bei Dien Bien Phu (Vietnam) fordert die SPD die Schließung des Rekrutierungsbüros der Fremdenlegion und ein Werbungsverbot für »diese verdammte Legion«.

Politik

Die belgische Regierung beschließt die Herabsetzung der Militärdienstzeit von 21 auf 18 Monate. Sie erfüllt damit ein Wahlversprechen.

Gesellschaft

Zur Förderung des Touristenverkehrs senkt die belgische Regierung die Benzinpreise für Ausländer, die sich länger als drei Tage in Belgien aufhalten.

Gesellschaft

Bernhard Grzimek bringt von einer Afrika-Expedition für den Frankfurter Zoo ein Okapi mit; das giraffenähnliche Tier gilt als zoologische Rarität.

Wetter

Die Temperatur im Mai 1954 liegt mit 14,2 °C deutlich über dem langjährigen Mittel (13,7 °C).

Samstag 14. Mai

Politik

Als Gegengewicht zu der 1949 gegründeten NATO unterzeichnen auf ihrem Gipfel in Warschau Regierungsvertreter Albaniens, Bulgariens, Polens, Rumäniens, der Tschechoslowakei, der UdSSR, der DDR und Ungarns den Warschauer Pakt, einen Vertrag über Freundschaft, gegenseitigen militärischen Beistand und die Bildung eines gemeinsamen militärischen Oberkommandos.

Politik

In Kairo schließen sich verschiedene algerische Rebellengruppen zur Nationalen Befreiungsfront FLN (Front de Libération Nationale) zusammen.

Kultur

Drei Monate vor seinem Tod (am 12. August in Kilchberg bei Zürich) hält der deutsche Schriftsteller Thomas Mann anläßlich des 150. Todestages von Friedrich Schiller im Nationaltheater von Weimar eine vielbeachtete Festrede.

Wetter

Deutlich zu kalt ist der Mai 1955. Die Durchschnittstemperaturen liegen mit 11,2 °C merklich unter dem langjährigen Mittelwert (13,7 °C).

Montag 14. Mai

Stets korrekt und im Zweifelsfall eher weit geschnitten: Herrenmode in den 50ern

Politik

Die britische Regierung gibt bekannt, daß ein Froschmann vermißt wird, der beim Besuch der sowjetischen Führer Nikita Chruschtschow und Nikolai Bulganin das russische Schiff »Ordshonikidse« im Hafen von Portsmouth überprüfte. Die beiden Sowjetführer kamen am 18. April nach London. Der Name des Froschmanns wird mit Lionel »Buster« Crabbe angegeben. Am 26. Juni 1957 wird die Leiche des Marineoffiziers in Chichester Harbour gefunden.

Politik

Im Rahmen der Entstalinisierung werden in Ungarn etwa 150 seit mehreren Jahren inhaftierte Sozialdemokraten und katholische Würdenträger amnestiert. Zuvor war bereits der 1949 nach einem Schauprozeß hingerichtete frühere Außenminister László Rajk rehabilitiert worden.

Wetter

Der Jahreszeit angemessen ist das Wetter im Mai 1956. Die Temperaturen entsprechen mit 13,6 °C fast dem langjährigen Mittel (13,7 °C).

Dienstag 14. Mai

Politik

Bei den Neuwahlen zum dänischen Folketing verlieren die Sozialdemokraten, die bislang mit Unterstützung der Radikalen Venstre Partei eine Minderheitenregierung gebildet hatten, vier Sitze und verfügen damit nur noch über 70 der 175 Mandate. Regierungschef bleibt jedoch der Sozialdemokrat Hans Christian Hansen. Seit 1909 hat in Dänemark keine der um die Jahrhundertwende entstandenen Parteien eine Mehrheit erringen können.

Politik

Sühne nach 23 Jahren: Zu je 18 Monaten Haft wegen Beihilfe zur Ermordung des SA-Stabschefs Ernst Röhm und Tötung von sechs SA-Führern am 30. Juni 1934 (sog. Röhmputsch) werden der ehemalige SS-General Sepp Dietrich und der ehemalige SS-Wachen-Kommandant im Konzentrationslager Dachau, Michael Lippert, verurteilt.

Für eine gute Figur auf der Tanzfläche: Kleid aus Chiné-Taft

Wetter

Die mittlere Lufttemperatur im Mai 1957 liegt mit 11,1 °C deutlich unter dem langjährigen Mittelwert (13,7 °C).

Mittwoch 14. Mai

Politik

Ein neues Parteiprogramm, das durch ein Bekenntnis zum »demokratischen Sozialismus« eine Entwicklung zur linken Volkspartei einleitet, gibt sich die SPÖ auf einem außerordentlichem Parteitag in Wien. Im November 1959 schlagen die deutschen Sozialdemokraten mit dem sog. Godesberger Programm einen ähnlichen Kurs ein.

Rekorde in den 50er Jahren

Kugelstoßen: Jim Fuchs (USA) – 17,95 m (1950)
10 000 m: Emil Zátopek (TCH) – 28:54,6 min (1954)
800 m: R. Moens (BEL) – 1:45,7 min (1955)
Eisschnellauf: Eugen Grischin (URS) – 1000 m in 1:22,8 min (1955)

Politik

Mit 274 gegen 129 Stimmen stimmt die französische Nationalversammlung für die Einsetzung der Regierung Pierre Pflimlin. Er kann sich jedoch nur bis Ende des Monats halten: Am 13. Mai haben in Algerien die dort stationierten französischen Truppen geputscht, sie erzwingen die Berufung von General Charles de Gaulle zum Premierminister, der am 1. Juni vom Parlament bestätigt wird.

Wetter

Feuchter als gewöhnlich und etwas zu warm ist es im Mai 1958. Die Durchschnittstemperaturen liegen mit 14,5 °C über dem Mittel (13,7 °C).

Donnerstag 14. Mai

Politik

Anklage in der »Spielbanken-Affäre« erhebt die Münchener Staatsanwaltschaft gegen drei Politiker der Bayernpartei. Der Vorwurf lautet auf Bestechung und Meineid. Am 8. August werden die drei früheren Spitzenfunktionäre der Bayernpartei und ein ehemaliger CSU-Landtagsabgeordneter zu mehrjährigen Gefängnisstrafen verurteilt.

Gesellschaft

Die bundeseigenen Kieler Howaldtswerke erhalten von der Sowjetunion einen Auftrag zum Bau von Frachtschiffen im Wert von rd. 40 Mio. DM.

Kultur

Der Film »Die Schamlosen« läuft in London an, in dem der englische Rock´n´Roll Sänger Cliff Richard seine erste ernsthafte Filmrolle spielt. Richard und seine Band »The Shadows« haben im August in Großbritannien einen Riesenhit mit »Living Doll«.

Wetter

Etwas wärmer und sonniger als gewöhnlich ist das Wetter im Mai 1959. Die Sonne scheint mit 275 Stunden deutlich öfter als im langjährigen Mittel (239 Stunden).

KENNEDY
FOR PRESIDENT
LEADERSHIP FOR THE 60's

1960 – 1969

Highlights des Jahrzehnts

1960

- Gründung der EFTA
- Frankreich wird 4. Atommacht
- John F. Kennedy wird 35. Präsident der USA
- Hochzeit des Jahres: Fabiola und König Baudouin von Belgien

1961

- Erster Mensch im Weltraum: der Russe Juri Gagarin
- Bau der Mauer in Berlin
- Gründung von Amnesty International

1962

- Flutkatastrophe an der Nordseeküste und in Hamburg
- Kuba-Krise: USA erzwingen Abbau sowjetischer Raketenbasen
- »Spiegel«-Affäre löst Regierungskrise aus
- Start der erfolgreichsten Serie der Kinogeschichte: James Bond

1963

- Deutsch-Französischer Freundschaftsvertrag
- US-Präsident Kennedy wird in Dallas erschossen
- Marika Kilius und Hans-Jürgen Bäumler werden Weltmeister im Eiskunstlaufen

1964

- Die USA greifen in den Vietnamkrieg ein
- Revolution in der Damenmode: der Minirock
- Der 22jährige Cassius Clay wird jüngster Boxweltmeister
- UdSSR: Breschnew neuer KP-Chef
- Erfolgreichste Pop-Gruppe der 60er: die Beatles
- Den Rolling Stones gelingt der internationale Durchbruch

1965

- Im Alter von 90 Jahren stirbt in London Winston Churchill
- Erste Fotos vom menschlichen Embryo im Mutterleib
- Ziehung der Lottozahlen erstmals im Fernsehen

1966

- Große Koalition aus CDU/CSU und SPD gebildet
- APO beginnt sich zu formieren

1967

- Sechs-Tage-Krieg in Nahost
- Erste Herztransplantation
- Bürgerkrieg in Biafra
- Kult-Musical »Hair« wird uraufgeführt

1968

- Ermordung des schwarzen Bürgerrechtlers Martin Luther King und des US-Präsidentschaftskandidaten Robert Kennedy
- »Prager Frühling« durch Einmarsch von Warschauer-Pakt-Truppen beendet
- Aufklärungswelle erreicht den Schulunterricht

1969

- Willy Brandt wird Kanzler einer sozialliberalen Koalition
- Der erste Mensch betritt den Mond
- »Sesamstraße« begeistert Millionen von Kindern
- Rockfestival in Woodstock

◀ **Voller Optimismus in die 60er: John F. Kennedy und seine Frau Jacqueline**

Samstag 14. Mai

Politik

Vorzeitig trifft Nikita Chruschtschow zu der Gipfelkonferenz in Paris ein. Zwei Tage später läßt der sowjetische Ministerpräsident den Vierer-Gipfel platzen, weil sich die USA nicht für Spionageflüge über sowjetischem Territorium entschuldigen wollen. Am 1. Mai war ein US-Fernaufklärer vom Typ U-2 über der UdSSR abgeschossen worden.

Gesellschaft

Bei einem Eisenbahnunglück in der Nähe des Hamburger Hauptbahnhofes werden 71 Menschen verletzt, acht davon schwer. Ein Eilzug aus Lübeck war auf einen stehenden Sonderzug aufgefahren.

Kultur

Die »Majestäten« in Jean Anouilhs Bühnenstück, das in Den Haag uraufgeführt wird, sind Napoleon und der nach dessen Sturz aus dem Exil nach Frankreich zurückkehrende König Ludwig XVIII. Das Stück ist ein Abgesang auf hohe Ideale.

Wetter

Überwiegend trocken ist es im Mai 1960. Die mittlere Lufttemperatur liegt mit 13,9 °C knapp über dem langjährigen Mittel (13,7 °C).

Sonntag 14. Mai

Politik

Weiße Rassisten greifen einen Autobus in Anniston (US-Bundesstaat Alabama) an. Der Bus, in dem Schwarze und Weiße gemeinsam befördert werden, geht in Flammen auf. Die »Freiheitsfahrer« wollen mit ihren demonstrativen Busfahrten gegen die Rassentrennung an den Busbahnhöfen protestieren.

Politik

In Saint Denis endet der XVI. Parteitag der französischen Kommunisten. Parteichef bleibt Maurice Thorez.

Sport

Auf seinem Lotus Climax gewinnt der Engländer Stirling Moss den »Großen Preis von Monaco«, den Auftakt zur Formel-1-Saison. Im Endklassement belegt Moss jedoch nur Platz drei.

Rekorde in den 60er Jahren

Stabhochsprung: Brian Sternberg (USA) – 5,00 m (1963)
Hochsprung: V. Brumel (URS) – 2,28 m (1963)
Weitsprung: Bob Beamon (USA) – 8,90 m (1968)
100 m: Jim Hines (USA) – 9,9 sec (1968)

Wetter

Regnerisch und spürbar zu kalt ist der Mai 1961. Die durchschnittlichen Temperaturen liegen mit 11,2 °C deutlich unter dem langjährigen Mittelwert, der 13,7 °C beträgt.

Montag 14. Mai

Politik

Der frühere jugoslawische Vizepräsident Milovan Djilas wird in Belgrad wegen Geheimverrats zu fünf Jahren Haft verurteilt. Er war am 7. April nach der Ankündigung, sein Buch »Gespräche mit Stalin« werde in einem Verlag in New York erscheinen, verhaftet worden.

Gesellschaft

Der spanische Prinz Don Juan Carlos ehelicht in Athen Prinzessin Sophia von Griechenland. Spanien soll nach dem Willen von Staatschef Francisco Franco wieder Monarchie werden.

Gesellschaft

Die US-Vereinigung für Familienplanung teilt mit, daß mittlerweile mehr als eine Million Frauen in den USA, Puerto Rico, Großbritannien und Südafrika die Antibabypille einnehmen. Mit dem empfängnisverhütenden Mittel soll der Bevölkerungszuwachs eingedämmt werden.

Wetter

Im kalten Mai 1962 bleibt die mittlere Lufttemperatur mit 10,8 °C weit unter dem langjährigen Mittel (13,7 °C).

Dienstag 14. Mai

Gesellschaft

Frederik IX., König von Dänemark, und der deutsche Bundespräsident Heinrich Lübke eröffnen an Bord des dänischen Fährschiffes »Kong Frederik« die sogenannte Vogelfluglinie. Die kürzeste Verkehrsverbindung zwischen Mitteleuropa und Skandinavien besteht aus der Fehmarnsundbrücke zwischen Großenbrode und der deutschen Ostseeinsel Fehmarn und der anschließenden einstündigen Fährverbindung zwischen Puttgarden und dem dänischen Rødby Havn.

Politik

Das Emirat Kuwait wird als 111. Staat in die Vereinten Nationen aufgenommen.

Politik

Als neues Kontrollorgan in der DDR gründen das Zentralkomitee der SED und der DDR-Ministerrat die sog. Arbeiter- und Bauerninspektionen (ABI).

Wetter

Das Wetter im Mai 1963 entspricht der Jahreszeit. Die durchschnittlichen Temperaturen liegen mit 13,9 °C nur knapp über dem langjährigen Mittel (13,7 °C).

Donnerstag 14. Mai

Stars der 60er Jahre

Die Beatles
Popgruppe
Sean Connery
Filmschauspieler
Pelé
Fußballspieler
Jean Paul Belmondo
Filmschauspieler
Dustin Hoffman
Filmschauspieler

Kultur

Ein Verbot von drei Szenen in Ingmar Bergmans Film »Das Schweigen« ordnet der stellvertretende Landrat des Moselkreises Bernkastel an. In einer Erklärung heißt es, die drei »anstößigen Szenen« seien geeignet, die Moralbegriffe vor allem junger Menschen zu verwirren.

Politik

In Den Haag endet die dreitägige Ministerratstagung der Nordatlantischen Verteidigungsgemeinschaft (NATO), auf der u.a. über die Deutschlandfrage, den Zypernkonflikt und den Krieg in Vietnam beraten wurde. Vor der Tagungsstätte demonstrieren Frauen der Westdeutschen Frauenfriedensbewegung (WFFB) gemeinsam mit US-Amerikanerinnen aus der Bewegung Women strike for Peace gegen die Atomstreitmacht der NATO.

Wetter

Die Sonne scheint etwas häufiger als gewöhnlich im Mai 1964. Die Sonnenscheindauer liegt mit 252 Stunden ein wenig über dem langjährigen Mittel (239 Stunden).

Freitag 14. Mai

Politik

Die Volksrepublik China zündet ihre zweite Atombombe, nach Feststellungen von Experten wird der Sprengsatz über der Erde zur Explosion gebracht. Die USA unternahmen bisher 337 Kernwaffentests und die UdSSR 127; Großbritannien zündete bisher 24 und Frankreich fünf Atombomben. 1991/92 verzichten Großbritannien, Rußland und die USA freiwillig auf Atomtests.

Kultur

140 000 DM erzielt die Original-Notenhandschrift der Johann-Sebastian-Bach-Kantate »Allein zu dir, Herr Jesu Christ« auf der Versteigerung im Auktionshaus Stargardt in Marburg.

Gesellschaft

Im Alter von 83 Jahren stirbt Frances Perkins, die 1933 zur Arbeitsministerin ernannt wurde und damit das erste weibliche Kabinettsmitglied der USA war.

Wetter

Von Frühling keine Spur: Im Mai 1965 ist es zu kühl. Die mittlere Lufttemperatur liegt mit 12,2 °C deutlich unter dem langjährigen Mittel (13,7 °C).

Samstag 14. Mai

Gesellschaft

Freiwillige Intelligenztests werden an zahlreichen Universitäten der USA durchgeführt, die die Rekrutierung von Soldaten für den Einsatz in Vietnam vereinfachen sollen. Wer versagt, muß früher in den Krieg.

Politik

Das Schweizer Bundesgericht billigt die Auslieferung des von den Wuppertaler Behörden gesuchten früheren SS-Sturmbannführers Erhard Kröger. Der Ende 1965 in Zürich verhaftete Kröger wird des Mordes an Juden in Lemberg und Winniza und in mehreren KZs bezichtigt.

»Mini« heißt das Schlagwort der 60er – hier in Form eines Strickkleides

Sport

Mit 5,32 m wird Bob Seagren (USA) in Fresno (US-Bundesstaat Kalifornien) Weltrekordler im Stabhochsprung.

Wetter

Die Temperatur im Mai 1966 liegt mit 14,1 °C über dem langjährigen Mittel (13,7 °C).

Sonntag 14. Mai

Sport

Einen neuen Weltrekord im Zehnkampf stellt Kurt Bendlin am Pfingstsonntag in Heidelberg mit 8319 Punkten auf und überbietet um 89 Punkte die bisherige Bestmarke des US-Amerikaners Russ Hodge, aufgestellt im Juli 1966 in Los Angeles. Der für Bayer Leverkusen startende Bendlin ist mit dieser Leistung der erste deutsche Zehnkampf-Weltrekordler nach 34 Jahren, als 1933 Hans-Heinrich Sievert zum »König der Athleten« wurde.

Kurzer Mantel mit Schlaghose: Auch in die Männermode kommt Bewegung

Politik

Das US-Verteidigungsministerium teilt mit, daß bei zwei erfolgreichen Vorstößen im Norden von Saigon, bei denen 22 amerikanische und vier südvietnamesische Bataillone eingesetzt wurden, zahlreiche Vietcong-Kämpfer getötet wurden.

Wetter

Ein wenig wärmer als der Jahreszeit angemessen ist das Wetter im Mai 1967. Die mittlere Lufttemperatur liegt mit 14,3 °C über dem langjährigen Mittel (13,7 °C).

Dienstag 14. Mai

Politik

Im Anschluß an einen 24stündigen Generalstreik beginnen in ganz Frankreich zunächst spontane, später organisierte Streiks, die allmählich das ganze Land lahmlegen. In den Aktionen verbindet sich die Empörung über das harte Durchgreifen der Polizei gegen die u.a. gegen den Vietnamkrieg protestierenden Studenten mit den Forderungen nach sozialen Verbesserungen.

Preise in den 60er Jahren

1 kg Butter	7,58
1 kg Mehl	1,06
1 kg Fleisch	7,91
1 l Vollmilch	0,50
1 Ei	0,21
10 kg Kartoffeln	2,88
1 kg Kaffee	16,61
Stundenlohn	4,15

in DM, Stand 1964

Gesellschaft

In den deutschen Universitätsstädten fordern Medizinstudenten mit Demonstrationen und Tausenden von Telegrammen an die Länder-Ministerpräsidenten bessere Ausbildungsmöglichkeiten und höhere Entlohnung für Medizinalassistenten. Einige Jahre später wird für die Medizin-Studenten nach dem Examen ein sog. Praktisches Jahr mit geringer Bezahlung eingeführt.

Wetter

Im kühlen Mai 1968 bleiben die Temperaturen im Durchschnitt mit 11,6 °C deutlich unter dem Mittel (13,7 °C).

Mittwoch 14. Mai

Politik

Maßnahmen zur Stabilisierung des Devisenmarktes und zur Sicherung der Preisstabilität trifft die Regierung der Großen Koalition in Bonn und reagiert damit auf den Anstieg der Inflationsrate. Eine Aufwertung der Deutschen Mark, über die heftig spekuliert worden war, lehnt Bundeswirtschaftsminister Karl Schiller (SPD) ab.

Politik

Harte Urteile fällt ein Schwurgericht in Bologna gegen 13 Südtiroler, die wegen verschiedener Sprengstoffanschläge angeklagt waren. Ein noch flüchtiger Angeklagter wird zu lebenslänglicher Haft verurteilt, acht weitere Beschuldigte zu Gefängnisstrafen bis zu 28 Jahren.

Kultur

In Rostock wird die neue Kunsthalle eröffnet, der erste Museumsneubau der DDR.

Wetter

Der Jahreszeit vollkommen angemessen ist das Wetter im Mai 1969. Die Durchschnittstemperaturen entsprechen mit 13,7 °C exakt dem langjährigen Mittelwert.

1970-1979

Highlights des Jahrzehnts

1970

- Neue deutsche Ostpolitik: Moskauer und Warschauer Vertrag
- Vietnamkrieg weitet sich auf Kambodscha aus
- Einstellung des Contergan-Prozesses

1971

- Einführung des Frauenwahlrechts in der Schweiz
- Friedensnobelpreis für Willy Brandt
- Hot pants – Modeschlager der Saison
- Kinohit »Love Story« rührt Millionen Zuschauer zu Tränen

1972

- Unterzeichnung des Rüstungskontrollabkommens SALT I
- Verhaftung von Baader-Meinhof-Terroristen
- Überfall palästinensischer Terroristen auf die israelische Mannschaft bei den Olympischen Spielen in München
- Unterzeichnung des Grundvertrages zwischen Bundesrepublik und DDR

1973

- Aufnahme beider deutscher Staaten in die UNO
- USA ziehen ihre Truppen aus Vietnam zurück
- Jom-Kippur-Krieg in Nahost
- Ölkrise: Sonntagsfahrverbot auf bundesdeutschen Straßen

1974

- Guillaume-Affäre stürzt Willy Brandt, neuer Bundeskanzler wird Helmut Schmidt
- Watergate-Affäre zwingt US-Präsident Nixon zum Rücktritt
- Deutschland wird Fußballweltmeister
- »Nelkenrevolution« in Portugal

1975

- Beginn des Bürgerkriegs im Libanon
- Unterzeichnung der KSZE-Schlußakte in Helsinki
- Spanien: Tod Francos und demokratische Reformen unter König Juan Carlos I.
- Einweihung des 3 km langen Elbtunnels in Hamburg
- Volljährigkeit von 21 auf 18 Jahre herabgesetzt

1976

- Umweltkatastrophe in Seveso
- Anschnallpflicht für Autofahrer
- Traumhochzeit des Jahres: Karl XVI. Gustav von Schweden heiratet die Deutsche Silvia Sommerlath

1977

- Entführung und Ermordung des Arbeitgeberpräsidenten Hanns Martin Schleyer
- Emanzipationswelle: Frauenzeitschrift »Emma« erscheint

1978

- Friedensverhandlungen zwischen Israel und Ägypten in Camp David
- In England kommt das erste Retortenbaby zur Welt

1979

- Überfall der Sowjetunion auf Afghanistan
- Schiitenführer Khomeini proklamiert im Iran die Islamische Republik
- Sandinistische Revolution beendet Somoza-Diktatur in Nicaragua

◀ **Martina Navratilova gewinnt neunmal in Wimbledon, zuerst 1978**

Donnerstag 14. Mai

Politik

Andreas Baader, der 1968 wegen Kaufhausbrandstiftung in Frankfurt am Main zu drei Jahren Zuchthaus verurteilt wurde,wird im Wetsberliner Stadtteil Dahlem durch die Journalistin Ulrike Meinhof und mehrere Helfer gewaltsam aus der Haft befreit. Damit beginnt der bewaffnete Kampf der sog. Roten Armee Fraktion gegen den Staat. Im Oktober 1970 wird unter dem Verdacht der Mittäterschaft an der Befreiung der Rechtsanwalt Horst Mahler festgenommen, dem jedoch eine Beteiligung nicht nachgewiesen werden kann.

Politik

Der SPD-Bundesparteitag in Saarbrücken bestätigt Bundeskanzler Willy Brandt mit 318 von 331 Stimmen als Parteivorsitzenden.

Sport

Zwei japanischen Seilschaften gelingt die seit 1953 fünfte Besteigung des Mount Everest, des mit 8848 m höchsten Berges der Welt.

Wetter

Die Lufttemperatur im Mai 1970 liegt mit 12,6 °C unter dem langjährigen Mittelwert (13,7 °C).

1971

Freitag 14. Mai

Politik

Eine interne Dienstanweisung der SED wird in Bonn bekannt. Darin wird eine strikte Abgrenzung der Parteimitglieder gegenüber der Bundesrepublik Deutschland gefordert und darüber hinaus das »Feindverhältnis« der DDR zur bundesdeutschen SPD betont.

Politik

Seine Bereitschaft zu Verhandlungen über einen ausgewogenen Truppenabbau in Europa bekundet erstmals in einer Rede in Tiflis der sowjetische Parteichef Leonid I. Breschnew. Die sog. MBFR-Gespräche beginnen 1973 in Wien unter der offiziellen Bezeichnung »Verhandlungen über beiderseitige Reduzierung von Streitkräften und Rüstungen und damit zusammenhängende Maßnahmen in Mitteleuropa«.

Preise in den 70er Jahren

1 kg Butter	8,36
1 kg Mehl	1,16
1 kg Fleisch	10,15
1 l Vollmilch	1,06
1 Ei	0,22
10 kg Kartoffeln	6,44
1 kg Zucker	1,65
Stundenlohn	10,40

in DM, Stand 1975

Wetter

Ausgesprochen frühlingshaft ist das Wetter im Mai 1971. Die durchschnittlichen Temperaturen liegen mit 15,4 °C deutlich über dem langjährigen Mittelwert (13,7 °C).

Sonntag 14. Mai

Politik

Mit Benzin übergießt sich in der litauischen Stadt Kaunas der katholische Arbeiter Roman Talanta und verbrennt sich. Wie die britische Nachrichtenagentur Reuter berichtet, wollte er damit gegen die Unterdrückung des Katholizismus in Litauen protestieren. Bei der Beisetzung von Talanta am 18. Mai kommt es zu Straßenschlachten zwischen der Polizei und Demonstranten.

Kultur

Die Ausstellung »Rhein und Maas« wird in der Kölner Kunsthalle eröffnet. Gezeigt werden 400 Werke hochrangiger mittelalterlicher Schatzkunst aus dem Gebiet an Rhein, Mosel und Maas.

Sport

Beim Großen Preis von Monaco erringt der französische Automobilrennfahrer Jean-Pierre Beltoise auf seinem BRM seinen ersten und einzigen Grand-Prix-Erfolg.

Wetter

Zu kühl und zu regnerisch ist der Mai 1972. Mit 104 mm gibt es mehr als doppelt so viel Niederschlag wie im langjährigen Mittel (46 mm).

Montag 14. Mai

Technik

Die unbemannte Raumstation »Skylab« bringt die US-Raumfahrtbehörde in 430 m Höhe auf eine Umlaufbahn um die Erde. Elf Tage später starten drei Astronauten ins All. Sie versuchen die Schäden zu beheben, die beim Abtrennen der Schutzverkleidung kurz nach dem Start entstanden waren. Nach der Rückkehr der dritten Skylab-Besatzung im Februar 1974 wird die 90,6 t schwere und 36 m lange Raumstation stillgelegt. Sie verglüht am 11. Juli 1979 über Australien.

Politik

Die britische Regierung erlaubt den 80 000 im Lande lebenden Pakistani, binnen sechs Monaten die britische Staatsangehörigkeit zu erhalten.

Politik

Als letztes westeuropäisches Land nimmt Norwegen vertragliche Handelsbeziehungen mit der Europäischen Wirtschaftsgemeinschaft auf.

Wetter

Etwas zu kühl ist das Wetter im Mai 1973. Die Durchschnittstemperaturen liegen mit 13,2 °C etwas unter dem langjährigen Mittel (13,7 °C).

Dienstag 14. Mai

Gesellschaft

»Kind auf Anruf« heißt die an diesem Tag erstmals ausgestrahlte Sendung der britischen Fernsehanstalt »Granada TV«, die schon im Vorfeld für viel Aufsehen sorgte: Moderator Ben Hunter stellt vier Kinder im Alter zwischen drei und zwölf Jahren vor, die zur Adoption freigegeben worden sind. Nach der Sendung bekunden 1700 Zuschauer ihr Interesse.

Stars der 70er Jahre

Robert de Niro
Filmschauspieler
Jane Fonda
Filmschauspielerin
Woody Allen
Filmregisseur
Steven Spielberg
Filmregisseur
Muhammad Ali
Boxer

Politik

In der Dominikanischen Republik zieht Oppositionsführer Antonio Sylvestre Guzmán Fernández seine Kandidatur gegen den schon seit 1966 amtierenden Präsidenten Joaquín Videla Balaguer zurück. Er beschuldigt ihn, seine Machtmittel ungehemmt einzusetzen und sogar die Armee für seine Zwecke einzuspannen und fordert die Bevölkerung des Landes zum Boykott derAbstimmung am 16. Mai auf.

Wetter

Im kühlen Mai 1974 bleiben die Temperaturen mit 12,1 °C merklich unter dem Mittel (13,7 °C).

Mittwoch 14. Mai

Politik

Drei kambodschanische Patrouillenboote versenken US-Flugzeuge vor der kambodschanischen Küste. Am folgenden Tag gelingt die Besetzung der Insel Koh Tang und die Befreiung des Schiffes »Mayaguez«, das am 12. Mai von den kambodschanischen Streitkräften gekapert wurde.

Politik

In Luxemburg ist der deutsche Bundeskanzler Helmut Schmidt (SPD) zu Gast. Während der Visite werden Probleme der Weltwirtschaft und der Europäischen Gemeinschaft erörtert.

Sport

Vor nur 10 897 Zuschauern in Basel gewinnt die Mannschaft von Dynamo Kiew durch einen 3:0-Sieg über Ferencvaros Budapest den Fußball-Europapokal der Pokalsieger. Der Vorjahressieger, der 1. FC Magdeburg, hatte sich für den lukrativeren Meisterwettbewerb entschieden.

Wetter

Etwas zu kühl ist es im Mai 1975. Die durchschnittlichen Temperaturen liegen mit 13,2 °C unter dem langjährigen Mittel (13,7 °C).

Freitag 14. Mai

Politik

Hella Berger, Sekretärin im Bundesaußenministerium, wird in Bonn unter dem Verdacht festgenommen, zehn Jahre lang für den Geheimdienst der DDR spioniert zu haben.

Politik

Knapp fünf Monate vor der Bundestagswahl am 3. Oktober 1976, bei der die CDU/CSU wieder stärkste Kraft wird, steht die Haushaltsdebatte im Bundestag ganz im Zeichen des Wahlkampfes: Bundeskanzler Helmut Schmidt (SPD) nennt die Wahlparole der Unionsparteien »Freiheit oder Sozialismus« unredlich.

Politik

Indien und Pakistan geben in einer in der pakistanischen Hauptstadt Islamabad veröffentlichten gemeinsamen Erklärung ihre Absicht bekannt, die 1971 wegen des Kaschmir-Konflikts abgebrochenen Beziehungen wiederaufzunehmen.

Wetter

Etwas kühler als der Jahreszeit angemessen ist der Mai 1976. Die mittlere Lufttemperatur bleibt mit 13,4 °C unter dem langjährigen Mittel (13,7 °C).

1977

Samstag 14. Mai

Politik

Eine Truppenparade halten die drei Westalliierten in Berlin (West) erstmals seit fünf Jahren wieder am »Tag der Streitkräfte« ab und demonstrieren damit ihre Militärpräsenz in der unter Vier-Mächte-Verantwortung stehenden Stadt.

Sport

Einen Weltrekord im Fünfkampf stellt Eva Wilms aus Fürth bei einem Leichtathletikwettbewerb in Göttingen mit 4765 Punkten auf. Am 19. Juni steigert sie die Bestleistung sogar auf 4823 Punkte.

Sport

Die Montreal Canadiens gewinnen durch einen Erfolg über die Boston Bruins zum 20. Mal den Stanley Cup, die Meisterschaft in der Nordamerikanischen Eishockeyliga NHL.

Wetter

Das Wetter im Mai 1977 ist etwas zu kühl. Die durchschnittlichen Temperaturen liegen mit 13,3 °C spürbar unter dem langjährigen Mittel (13,7 °C).

Rekorde in den 70er Jahren

100 m: Marlies Göhr (GDR) – 10,88 sec (1977)
Hochsprung: Rosemarie Ackermann (GDR) – 2,00 m (1977)
Weitsprung: Vilma Bardauskiene (URS) – 7,09 m (1978)
800 m: S. Coe (GBR) – 1:42,4 min (1979)

Sonntag 14. Mai

Ausgestellte Hosen und viel Schmuck trägt die moderne Frau in den 70er Jahren

Politik

In Zaire treffen belgische und französische Fallschirmjäger ein. Sie sollen dem prowestlichen Präsidenten Sese Seko Mobutu im Kampf gegen von Angola, Kuba und der UdSSR unterstützte Rebellen helfen.

Kultur

Nach einem Umbau wird an diesem Pfingstsonntag das Opernhaus in Wiesbaden mit einer Aufführung von Richard Wagners »Die Meistersinger von Nürnberg« eingeweiht.

Sport

Bei der Eishockey-WM in Prag wird die UdSSR nach einem 3:1-Finalsieg über den Titelverteidiger Tschechoslowakei Weltmeister. Als Absteiger steht nach einer 2:7-Niederlage gegen Finnland die DDR fest.

Wetter

Etwas zu kalt ist es im Mai 1978. Die mittlere Lufttemperatur liegt mit 13,5 °C nur wenig unter dem langjährigen Mittel (13,7 °C).

Montag 14. Mai

Politik

Zwei Tage nach einem Interview mit dem in der DDR verpönten Autor Stefan Heym verweisen die DDR-Behörden den ZDF-Korrespondenten Peter von Loyen des Landes.

Politik

100 000 Karteikarten mit Personendaten, durch die der Bundesgrenzschutz deutschen Geheimdiensten Amtshilfe leistete, werden auf Weisung von Bundesinnenminister Gerhart Baum (FDP) vernichtet.

Politik

Amnesty International beschuldigt Bokassa I., Staatsoberhaupt des Zentralafrikanischen Kaiserreichs, er habe im April 60 bis 100 Schulkinder hinrichten lassen. Bokassa dementiert diese Meldung, jedoch wird sie vom Botschafter seines Landes in Paris bestätigt.

Voll im Zeitgeschmack: Der Midimantel mit aufgesetzten Taschen für kalte Winter

Wetter

Die Temperaturen liegen im Mai 1979 mit 13,9 °C knapp über dem langjährigen Mittel (13,7 °C).

1980–1989

Highlights des Jahrzehnts

1980

- Golfkrieg zwischen Iran und Irak
- Gründung einer neuen Bundespartei: »Die Grünen«
- Bildung der polnischen Gewerkschaft »Solidarność«

1981

- Attentate auf US-Präsident Ronald Reagan, den Papst und Ägyptens Staatschef Anwar As Sadat
- Erster Start der wiederverwendbaren Raumfähre »Columbia«
- In den USA werden die ersten Fälle von AIDS bekannt
- Hochzeit des Jahres: Der britische Thronfolger Charles, Prince of Wales, heiratet Lady Diana

1982

- Krieg um die Falkland-Inseln
- Sozialliberale Koalition bricht auseinander; Helmut Kohl wird neuer Bundeskanzler
- Selbstjustiz vor Gericht: der »Fall Bachmeier«
- »E. T. – der Außerirdische« wird zum Kinohit

1983

- US-Invasion auf Grenada
- Skandal um gefälschte Hitler-Tagebücher
- Aerobic wird in der Bundesrepublik populär

1984

- Richard von Weizsäcker wird Bundespräsident
- Ermordung von Indiens Ministerpräsidentin Indira Gandhi, Nachfolger wird ihr Sohn Rajiv Gandhi

1985

- Michail Gorbatschow wird neuer Kremlchef
- Sensation: Boris Becker siegt als erster Deutscher in Wimbledon
- »Live-Aid-Concert« für Afrika

1986

- Attentat auf Schwedens Ministerpräsident Olof Palme
- Katastrophe im Kernkraftwerk Tschernobyl
- Explosion der US-Raumfähre »Challenger«
- Premiere des Musicals »Cats« in Hamburg

1987

- Widerstand gegen Volkszählung
- Barschel-Affäre in Kiel
- Matthias Rust landet mit einem Sportflugzeug auf dem Roten Platz in Moskau

1988

- Atommüllskandal in Hessen
- Ende des Golfkriegs
- Geiseldrama von Gladbeck als Medienspektakel
- Dopingskandal überschattet Olympische Spiele in Seoul
- Reagan und Gorbatschow vereinbaren Verschrottung atomarer Mittelstreckenraketen

1989

- Die DDR öffnet ihre Grenzen
- Blutbad auf dem Platz des Himmlischen Friedens in Peking
- Demokratisierungskurs im gesamten Ostblock
- »Exxon Valdez«: Ölpest vor Alaska

◀ **Seit 1983 ganz oben: Das »Material Girl« Madonna**

Mittwoch 14. Mai

Politik

Die kommunistische Führung Afghanistans macht Vorschläge für einen möglichen Abzug der seit Ende 1979 dort stationierten sowjetischen Truppen und ein Ende des Bürgerkrieges. Die USA und die UdSSR sollen Garantien für Afghanistan übernehmen.

Politik

Auf einer Jubiläumssitzung zum 25jährigen Bestehen des Warschauer Paktes in der polnischen Hauptstadt wird heftige Kritik an der im Dezember 1979 getroffenen Entscheidung der NATO zur Nachrüstung geübt.

Sport

Erst im Elfmeterschießen setzt sich der spanische Pokalsieger FC Valencia im Endspiel um den Fußball-Europapokal der Pokalsieger in Brüssel gegen Arsenal London durch. Nach der Verlängerung stand es 0:0.

Wetter

Bei insgesamt kühler Witterung scheint die Sonne im Mai 1980 mit 300 Stunden deutlich länger als im langjährigen Mittel (239 Stunden).

1981

Donnerstag 14. Mai

Politik

Unmittelbar nach ihrer Verurteilung zum Tode durch das islamische Revolutionsgericht werden in Teheran zehn Rauschgifthändler hingerichtet. Mit strengen Strafen will das Mullah-Regime im Iran den Drogenkonsum unterbinden.

Sport

Die Boston Celtics gewinnen nach 1957, 1959–1966, 1968/69, 1974 und 1976 ihren 14. Meistertitel in der nordamerikanischen Profi-Basketball-Liga. Der Klub aus Boston ist der unbestrittene Rekordmeister.

Rekorde in den 80er Jahren

1500 m: S. Aouita (MAR) – 3:29,46 min (1985)
Stabhochsprung: Sergej Bubka (URS) – 6,00 m (1985)
100 m: Florence Griffith (USA) – 10,49 sec (1988)
Hochsprung: Javier Sotomayor (CUB) – 2,44 m (1989)

Gesellschaft

Die Karstadt AG mit Sitz in Essen-Bredeney feiert ihr 100jähriges Bestehen. 1881 hatte der Ahnherr Rudolph Karstadt im mecklenburgischen Wismar ein »Tuch-, Manufactur- und Confectionsgeschäft« eröffnet.

Wetter

Im warmen Mai 1981 liegen die Temperaturen mit 15,0 °C über dem langjährigen Mittel (13,7 °C).

Freitag 14. Mai

Politik

Zu einem zweitägigen privaten Besuch von Bundeskanzler Helmut Schmidt trifft in Hamburg der französische Präsident François Mitterrand ein.

Politik

Auf dem Parteitag der Kommunistischen Partei Finnlands in Helsinki wird Jouko Kajanoja zum Parteichef gewählt. Finnlands Kommunisten sind in einen orthodoxen moskautreuen Flügel und eine linkssozialistische Gruppierung gespalten.

Kultur

In Cannes beginnen die Internationalen Filmfestspiele. Zum Abschluß am 26. Mai wird der türkische Regisseur Yilmaz Güney mit der Goldenen Palme für seinen Film »Yol – Der Weg« ausgezeichnet. Das Werk entstand unter großen Sicherheitsvorkehrungen, da der Regisseur in seiner Heimat zeitweise in Haft saß und in Abwesenheit erneut zu sieben Jahren Gefängnis verurteilt wurde.

Wetter

Das Wetter im Mai 1982 ist normal. Die Durchschnittstemperaturen entsprechen mit 13,7 °C dem langjährigen Mittel.

Samstag 14. Mai

Gesellschaft

Der Lavastrom des seit sechs Wochen aktiven sizilianischen Vulkans Ätna wird durch Zündung von Sprengladungen in 2100 m Höhe teilweise in ein künstliches Bett umgeleitet, um Gefahr von mehreren Dörfern abzuwenden. Auch in ihrem neuen Bett fließt die Lava zunächst noch weiter, erstarrt nach zwei Tagen jedoch.

Gesellschaft

Der Militaria-Händler Konrad Kujau, der dem »Stern«-Reporter Gerd Heidemann die gefälschten Hitler-Tagebücher verkauft haben soll, wird festgenommen. Am 25. April hatte das Magazin »Stern« auf einer Pressekonferenz die angeblichen Tagebücher Adolf Hitlers vorgestellt. Die Tagebücher erweisen sich als Fälschung, für die Heidemann an Kujau 9,34 Mio. DM gezahlt haben will, nach Angaben Kujaus jedoch nur 2,5 Mio. DM.

Wetter

Zu feucht ist der Mai 1983. Mit 110 mm liegt der Niederschlag deutlich über dem Mittelwert (46 mm).

Stars der 80er Jahre

Richard Gere
Filmschauspieler
Madonna
Sängerin
Harrison Ford
Filmschauspieler
Jodie Foster
Filmschauspielerin
Michael Jackson
Sänger

Montag 14. Mai

Politik

Als Reaktion auf die Stationierung neuer US-Mittelstreckenraketen in Westeuropa beschließt die Führung der UdSSR die Aufstellung weiterer Raketen in der DDR.

Gesellschaft

Ein Schwerpunktstreik der IG Metall zur Durchsetzung der 35-Stunden-Woche beginnt im Tarifgebiet Nordwürttemberg/Nordbaden. Er endet erst am 6. Juli mit der Vereinbarung über eine Wochenarbeitszeit von 38,5 Stunden.

Kultur

Lars von Trier führte Regie und schrieb das Buch für den surrealen Kriminalfilm »The Element of Crime«, der an diesem Tag in Kopenhagen Premiere hat. In dem dänischen Streifen geht es um einen Kriminalbeamten, der im Zuge der Suche nach dem Mörder sich so sehr mit dem Täter identifiziert, daß er selbst zum Täter wird.

Wetter

Etwas zu regnerisch und zu kühl ist der Mai 1984. Die mittlere Lufttemperatur bleibt mit 13,3 °C unter dem langjährigen Mittel (13,7 °C).

1985

Dienstag 14. Mai

Gesellschaft

Elf Menschen kommen ums Leben, 200 werden obdachlos, als die Polizei bei einem Großeinsatz gegen die radikale Move-Sekte eine Brandbombe auf das Haus in Philadelphia wirft, in dem sich die Sektenangehörigen verschanzt haben. Durch das Feuer gehen außerdem mehrere Wohnblöcke in Flammen auf.

Politik

Im Norden von Sri Lanka richten Angehörige einer tamilischen Befreiungsorganisation ein Blutbad an, bei dem nach offiziellen Angaben 144 Menschen ums Leben kommen. Daraufhin wird der Ausnahmezustand in dieser Region um einen Monat verlängert. Seit 1983 wollen militante Gruppen mit Gewalt einen autonomen Staat für die Tamilen durchsetzen, die rd. 20% der Bevölkerung der Insel Sri Lanka stellen.

Preise in den 80er Jahren

1 kg Butter	9,44
1 kg Mehl	1,36
1 kg Fleisch	11,83
1 l Vollmilch	1,22
1 Ei	0,26
10 kg Kartoffeln	8,84
1 kg Zucker	1,94
Stundenlohn	17,23

in DM, Stand 1985

Wetter

Angenehm warm ist das Wetter im Mai 1985. Die mittlere Lufttemperatur liegt mit 15,4 °C merklich über dem langjährigen Mittel (13,7 °C).

Mittwoch 14. Mai

Politik

In der ersten öffentlichen Stellungnahme zum Tschernobyl-Unfall am 26. April in der Ukraine fordert der sowjetische Parteichef Michail Gorbatschow zur internationalen Zusammenarbeit in Kernenergiefragen auf. Die Bürger der UdSSR werden über das ungefähre Ausmaß des bislang schwersten Unfalls in der Geschichte der friedlichen Nutzung der Kernenergie informiert, auch wenn Gorbatschow beschönigend erklärt, es konnte »das Schlimmste verhütet« werden.

Auffällig unauffällig: So stellt sich die lässige Frau der 80er ihre Mode zusammen

Gesellschaft

Der Verwaltungsgerichtshof von Baden-Württemberg erklärt eine Landesverordnung für gültig, wonach Demonstranten nach Polizeieinsätzen die Kosten zu ersetzen haben.

Wetter

Einen Vorgeschmack auf den Sommer gibt der Mai 1986. Die Durchschnittstemperaturen liegen mit 15,6 °C deutlich über dem langjährigen Mittel wert (13,7 °C).

Donnerstag 14. Mai

Politik

Ein unblutiger Putsch gegen die linksgerichtete Regierung hat auf den Fidschi-Inseln Erfolg. Die Macht übernimmt zunächst Oberstleutnant Sitivena Rabuka, der Chef der Streitkräfte.

Kultur

In ihrer Geburtsstadt New York stirbt im Alter von 68 Jahren die einstige Filmdiva Rita Hayworth (eigentlich Margarita Carmen Cansino). Seit 1935 beim Film, war sie u.a. in »Gilda« (1946) und »Getrennt von Tisch und Bett« (1958) zu sehen. Ihre erotische Ausstrahlung brachte ihr Beinamen wie »Miß Dynamit« ein.

Leger und bequem: Herrenmode im Oversize-Stil mit Jackenmantel

Gesellschaft

Die wiedererrichtete Nikolaikirche, das älteste Baudenkmal von Berlin, wird im Ostteil der Stadt als museale Einrichtung eröffnet.

Wetter

Im kalten Mai 1987 liegt die mittlere Lufttemperatur mit 10,9 °C weit unter dem langjährigen Mittel (13,7 °C).

Samstag 14. Mai

Politik

Im Golfkrieg fliegt die irakische Luftwaffe einen Angriff auf die iranische Ölinsel Larak im Persischen Golf und zerstört fünf Tanker. Im Frühjahr 1988 ist eine letzte iranische Offensive fehlgeschlagen. Unter Vermittlung von UNO-Generalsekretär Javier Pérez de Cuellar kommt im August 1988 ein Waffenstillstand zustande. Damit endet der blutige Konflikt, der 1980 mit dem Überfall irakischer Truppen auf den »Erzfeind« Iran begonnen hatte und Hunderttausende von Menschen das Leben kostet.

Politik

Den Ausnahmezustand verhängt der äthiopische Staatschef Mengistu Haile Mariam über die Regionen Eritrea und Tigre nach schweren Kämpfen mit Rebelleneinheiten. Die Niederlage wird dadurch allerdings nur hinausgezögert: Im Mai 1991 erobern Rebellen der Volksdemokratischen Revolutionsfront die Hauptstadt Addis Abeba und stürzen Mengistus linksgerichtetes Militärregime.

Wetter

Trocken und ungewöhnlich warm ist das Wetter im Mai 1988. Die Lufttemperatur liegt mit 16,1 °C deutlich über dem langjährigen Mittel (13,7 °C).

Sonntag 14. Mai

Politik

Der Peronist Carlos Saúl Menem geht aus der Präsidentenwahl in Argentinien als Sieger hervor. Mit Menem erlebt der Peronismus nach 13 Jahren ein Comeback. Die nach dem früheren Staatschef (1946–1955 und 1973/74) Juan Domingo Perón benannte Ideologie ist in ihren Grundzügen autoritär, antiparlamentarisch, nationalistisch und populistisch.

Politik

Das israelische Kabinett billigt einen Nahost-Friedensplan, der jedoch im Juli vom konservativen Likud-Block, der gemeinsam mit der Arbeiterpartei die Regierung stellt, z.T. wieder revidiert wird. Vorgeschlagen wird eine begrenzte Selbstverwaltung der Palästinenser in den seit 1967 von Israel besetzten Gebieten, sofern sie zuvor ihren Aufstand gegen die israelische Besatzungsmacht (Intifada) beenden. Auch die Palästinenser lehnen diesen Plan ab. Erst 1994 erhalten die Palästinenser die Autonomie im Gazastreifen und in Jericho.

Wetter

Deutlich wärmer als gewöhnlich ist es im Mai 1989. Mit 336 Stunden scheint die Sonne wesentlich länger als im langjährigen Mittel (239 Stunden).

1990–1996

Highlights des Jahrzehnts

1990

- Wiedervereinigung Deutschlands
- Südafrika: Nelson Mandela nach 27jähriger Haft freigelassen
- Irakische Truppen überfallen das Emirat Kuwait
- Gewerkschaftsführer Lech Walesa neuer polnischer Präsident
- Litauen erklärt Unabhängigkeit
- Deutsche Fußballnationalelf zum dritten Mal Weltmeister
- Star-Tenöre Carreras, Domingo und Pavarotti treten gemeinsam auf

1991

- Alliierte befreien Kuwait und beenden den Golfkrieg
- Auflösung des Warschauer Pakts
- Bürgerkrieg in Jugoslawien
- Auflösung der Sowjetunion – Gründung der GUS
- Sensationeller archäologischer Fund: »Ötzi«
- Vertrag von Maastricht
- Sieben Oscars für Kevin Costners »Der mit dem Wolf tanzt«
- Bürgerkrieg in Somalia
- Frieden im Libanon

1992

- Abschaffung der Apartheid-Politik in Südafrika
- Entsendung von UNO-Blauhelmsoldaten nach Jugoslawien
- Tod des ehemaligen Bundeskanzlers Willy Brandt
- Bill Clinton zum 42. US-Präsidenten gewählt
- In Hamburg wird mit Maria Jepsen zum ersten Mal eine Frau Bischöfin
- Fertigstellung des Rhein-Main-Donau-Kanals

1993

- Teilung der ČSFR in die Tschechische und die Slowakische Republik
- Rechtsradikale Gewaltakte gegen Ausländer
- Gaza-Jericho-Abkommen zwischen Israel und der PLO
- Skandal um HIV-Blutplasma
- Einführung von fünfstelligen Postleitzahlen im Bundesgebiet
- Sexskandal um Pop-Star Michael Jackson

1994

- Nelson Mandela erster schwarzer Präsident Südafrikas
- Fertigstellung des Eurotunnels unter dem Ärmelkanal
- Über 900 Todesopfer beim Untergang der Fähre »Estonia«
- Abzug der letzten russischen Truppen aus Berlin
- Michael Schumacher erster deutscher Formel-1-Weltmeister

1995

- Weltweite Proteste gegen französische Atomversuche im Pazifik
- Giftgasanschlag in Tokio
- Einführung von Pflegeversicherung und Solidaritätszuschlag
- Verpackungskünstler Christo verhüllt den Berliner Reichstag
- Ermordung des israelischen Regierungschefs Yitzhak Rabin
- Friedensvertrag für Bosnien

1996

- Arafat gewinnt Wahlen in Palästina
- IRA kündigt Waffenstillstand auf
- 100 Jahre Olympia: Jubiläumsspiele der Superlative in Atlanta

Verkörperung des neuen Südafrika: Nelson Mandela bei den Wahlen 1994

Montag 14. Mai

Krawatte ist kein Muß mehr: Anzug mit zweireihigem Sakko

Politik

Staatspräsident François Mitterrand und mit ihm rd. 200 000 Menschen demonstrieren in Paris gegen Rassismus. Anlaß ist die Schändung des jüdischen Friedhofs in Carpentras durch rechtsextreme Gewalttäter in der Nacht zum 10. Mai.

Politik

34 europäische und nordamerikanische Staaten einigen sich auf einer Umweltkonferenz im norwegischen Bergen nur darauf, den Kohlendioxidausstoß auf dem gegenwärtigen Stand zu halten. Die USA, der größte CO_2-Emittent der Welt, sind nicht bereit, die Luftverschmutzung durch eine Verringerung ihrer Emissionen zu reduzieren.

Politik

Das Abschalten des AKW Greifswald empfiehlt eine deutsch-deutsche Expertenkommission.

Wetter

Die Temperatur im Mai 1990 liegt mit 14,9 °C deutlich über dem Mittel (13,7 °C).

Dienstag 14. Mai

Politik

Nicht weniger als 24 Privatwohnungen und Firmensitze durchstöbern Polizei und Staatsanwaltschaft auf der Suche nach verschwundenen 22 Mrd. DM aus dem Firmenimperium des früheren DDR-Devisenbeschaffers Alexander Schalck-Golodkowski, der sich am 4. Dezember 1989 von Ost- nach West-Berlin abgesetzt hatte.

Politik

Der Deutsche Bundestag beschließt auf seiner ersten Arbeitssitzung im Berliner Reichstagsgebäude zum 1. Juli 1991 einen Solidaritätszuschlag in Höhe von 7,5% auf die Lohn-, Einkommen- und Körperschaftssteuer. Die Zusatzabgabe wird für ein Jahr lang vom 1. Juli 1991 an erhoben. Auch die Steuern auf Benzin werden erhöht.

Für die heißen Sommer der 90er Jahre: Kleid mit Bustieroberteil

Wetter

Für die Jahreszeit viel zu kühl ist das Wetter im Mai 1991. Die durchschnittlichen Temperaturen liegen mit 10,8 °C deutlich unter dem langjährigen Mittel (13,7 °C).

Donnerstag 14. Mai

Gesellschaft

Monika Wulf-Mathies, Vorsitzende der Gewerkschaft Öffentliche Dienste, Transport und Verkehr (ÖTV) gibt bekannt, daß die ÖTV-Mitglieder in einer Urabstimmung gegen den Tarifabschluß von 5,4% mehr Lohn und Gehalt votierten. Obwohl 55,9% der organisierten Arbeitnehmer gegen ein Ende des nach elftägiger Dauer am 7. Mai unterbrochenen Arbeitskampfes stimmen, setzt sich der Vorstand über die Ablehnung hinweg und stimmt der Tarifvereinbarung zu, weil sich satzungsgemäß 75% der Befragten für den Arbeitskampf hätten aussprechen müssen.

Preise in den 90er Jahren

1 kg Butter	8,20
1 kg Mehl	1,21
1 kg Fleisch	12,85
1 l Vollmilch	1,33
1 Ei	0,27
10 kg Kartoffeln	10,30
1 kg Zucker	1,92
Stundenlohn	24,91

in DM, Stand 1993

Politik

Die Berliner Justiz erhebt Anklage gegen den ehemaligen DDR-Staats- und Parteichef Erich Honecker und fünf weitere SED-Politiker wegen des Todes von Flüchtlingen an der innerdeutschen Grenze.

Wetter

Mit 312 Stunden scheint die Sonne im Mai 1992 länger als im Mittel (239 Stunden).

Freitag 14. Mai

Politik

Ein gemeinsamer Parteitag von Grünen und Bündnis 90 in Leipzig setzt den in der Urabstimmung bereits gebilligten Assoziationsvertrag in Kraft. Damit ist die Vereinigung zur neuen Partei Bündnis 90/Die Grünen perfekt. Beide Parteien erhoffen sich davon eine Bündelung ihrer Kräfte.

Politik

Der Streik in der ostdeutschen Metallindustrie wird durch einen Tarifkompromiß beendet. Die Angleichung der ostdeutschen Löhne an das westdeutsche Niveau wird auf 1996 verschoben und nicht schon – wie ursprünglich vereinbart – zum 1. April 1994 durchgeführt. Um eine Verschiebung zu erreichen, hatten die Arbeitgeber den 1991 vereinbarten Tarifvertrag einseitig gekündigt – ein Novum in der Tarifgeschichte.

Wetter

Schon sommerlich ist das Wetter im Mai 1993. Die durchschnittlichen Temperaturen liegen mit 16,8 °C deutlich über dem langjährigen Mittel (13,7 °C).

Stars der 90er Jahre

Kevin Costner
Filmschauspieler
Julia Roberts
Filmschauspielerin
Whitney Houston
Sängerin
Michael Schumacher
Rennfahrer
Luciano Pavarotti
Sänger

Samstag 14. Mai

Sport

Im Berliner Olympiastadion holt sich der SV Werder Bremen vor 76 000 Zuschauern durch ein 3:1 über den Zwangsabsteiger aus der Zweiten Bundesliga, Rot Weiß Essen, den DFB-Pokal zum dritten Mal in der Vereinsgeschichte.

Politik

Die ersten palästinensischen Sicherheitskräfte rücken in die Stadt Gaza ein, die gemäß dem am 4. Mai in Kairo von Israel und der PLO unterzeichneten Autonomieabkommen von den israelischen Truppen geräumt wird. Außer dem Gazastreifen wird auch um die Stadt Jericho im Westjordanland eine autonome palästinensische Region geschaffen, die – nach dem Willen von PLO-Chef Jasir Arafat – die Keimzelle für einen Palästinenserstaat bilden soll.

Rekorde in den 90er Jahren

Weitsprung: Mike Powell (USA) – 8,95 m (1991)
110 m Hürden: Colin Jackson (USA) – 12,91 sec (1993)
Skifliegen: E. Bredesen (NOR) – 209 m (1994)
Dreisprung: J. Edwards (GBR) – 18,29 m (1995)

Wetter

Etwas zu naß, aber ansonsten der Jahreszeit angemessen ist das Wetter im Mai 1994. Die mittlere Lufttemperatur liegt mit 13,8 °C nur geringfügig über dem langjährigen Mittel (13,7 °C).

Sonntag 14. Mai

Politik

Bei der Landtagswahl in Nordrhein-Westfalen büßt die bisher allein regierende SPD mit 46,0% der Stimmen ihre absolute Mehrheit ein und muß eine Koalition mit Bündnis 90/Die Grünen eingehen. In Bremen erreicht die dort seit 1945 regierende SPD mit 33,4% ihr bisher schlechtestes Ergebnis und ist zur Großen Koalition mit der CDU gezwungen.

Sport

Erstmals in der 144jährigen Geschichte des Wettbewerbs gewinnt vor San Diego ein Team aus Neuseeland den America´s Cup der Hochseesegler. Die »Black Magic 1« besiegt die für die USA segelnde »Young America«.

Sport

Gastgeber China gewinnt in Tianjin bei der Tischtennisweltmeisterschaft wie zuletzt 1981 alle sieben Titel.

Wetter

Ein wenig zu kühl ist das Wetter im Mai 1995. Die mittlere Lufttemperatur liegt mit 13,3 °C spürbar unter dem langjährigen Mittelwert, der 13,7 °C beträgt.

Dienstag 14. Mai

Mittwoch 14. Mai

Donnerstag 14. Mai

Mulla Mustafa Al Barsani

***14.5.1903, Barsan**

Der im Norden des Irak geborene Barsani war der wohl bekannteste militärische Führer der irakischen Kurden im Ringen um ihre Autonomie. Sein Kampf begann 1920, als den Kurden bei der Auflösung des Osmanischen Reiches ein eigener Staat zugesagt wurde, dieses Versprechen jedoch uneingelöst blieb. Von 1932 bis 1943 inhaftiert und zwischen 1947 und 1958 im Exil in der UdSSR, proklamierte er 1961 im Norden des Irak einen unabhängigen Kurdenstaat. 1975 floh Barsani in den Iran. Am 2. März 1979 starb er in Washington.

Sonntag 14. Mai

Franjo Tudjman

***14.5.1922 Veliko Trgovišće bei Zagreb**

Tudjman schloß sich 1941 den Tito-Partisanen an und nahm 1961 als General seinen Abschied aus der jugoslawischen Bundesarmee. Nach einem Studium der Geschichte war er 1963–1967 Professor für Politische Wissenschaften in Zagreb, wurde jedoch als Mitunterzeichner einer Deklaration für die kroatische Sprache 1967 aus dem Bund der Kommunisten ausgeschlossen. In den folgenden Jahren mehrfach in Haft, gründete Tudjman 1989 die Kroatische Demokratische Gemeinschaft (HDZ). 1990 wurde er Staatschef Kroatiens.

Donnerstag 14. Mai

Bobby Darin

***14.5.1936, New York**

Den Ruf eines »Frank Sinatra im Westentaschenformat« erwarb sich der als Walden Robert Cassotto in der New Yorker Bronx geborene Darin sowohl durch seine Geburt als Italoamerikaner als auch durch sein Bemühen, ein Big-Band-Vokalist und Entertainer zu werden. Seine beste Zeit hatte er Ende der 50er Jahre mit Rock´n´Roll-orientierten Titeln wie »Splish Splash« (1958) und »Dream Lover« (1959), wobei er im Unterschied zu Sinatra seine Hits selbst schrieb. Er starb nach einer Herzoperation am 20. Dezember 1973 in Los Angeles.

Sonntag 14. Mai

George Lucas

***14.5.1944 Modesto (Kalifornien)**

Zu einem der erfolgreichsten Regisseure der USA entwickelte sich Lucas seit 1970 zunächst durch seine Zusammenarbeit mit Francis Ford Coppola. Dabei galt sein besonderes Interesse dem Science-fiction-Film, obwohl er 1973 mit »American Graffiti« – einer wehmütigen Erinnerung an die Jugend der frühen 60er Jahre – seinen ersten Kassenerfolg hatte. Zu seinen weiteren Filmhits zählten u.a. »Krieg der Sterne« (1977) mit eingespielten 193,5 Mio. US-Dollar sowie 1979 »Das Imperium schlägt zurück« und »Die Rückkehr der Jedi-Ritter« (1982).

Mittwoch 14. Mai

Karin Struck

***14.5.1947 Schlagtow**

1953 aus der damaligen DDR in die Bundesrepublik geflohen, ist Karin Struck eine der meistdiskutierten Autorinnen der Gegenwart. In ihren mit politischem Anspruch geschriebenen Bekenntnisromanen wird das Bedürfnis deutlich, aus der Beschäftigung mit dem eigenen Ich herauszufinden und sich den anderen zuzuwenden. In »Klassenliebe«, ihrem 1973 erschienenen ersten Romanerfolg, werden Beziehungskonflikte als Folge klassenspezifischer Sozialisation gedeutet. Weitere Werke sind u.a. »Die Mutter«(1975) und »Trennung« (1978).

Impressum

Autor:	Ernst Christian Schütt, Hamburg
Redaktion:	Simone Harland, Pegestorf
Bildredaktion:	Sonja Rudowicz
Umschlaggestaltung und Layout:	Pro Design, München
Satz:	JOSCH Werbeagentur, Essen
Druck:	Brepols, Turnhout

Abbildungsnachweis: Bettmann, New York - Reuters: 129 - UPI: 131; Interfoto, München: 130, 132; Ullstein Bilderdienst, Berlin: 128.
Modefotos 1900–30er Jahre, Damenmode 40er Jahre, Damenmode 50er Jahre: Bertelsmann Lexikon Verlag, Gütersloh; Modefotos Herrenmode 40er Jahre, Herrenmode 50er Jahre, 60er–90er Jahre: Prof. Dr. Ingrid Loschek, Boxford.
Alle übrigen Abbildungen: Bettmann Archive/UPI/Reuters/John Springer Coll., New York.

Trotz größter Sorgfalt konnten die Urheber des Bildmaterials nicht in allen Fällen ermittelt werden. Wir bitten gegebenenfalls um Mitteilung.

ISBN 3-577-30514-2

Vom 1. Januar bis zum 31. Dezember

Individuelle Bücher – für jeden Tag des Jahres eines. Mit allen wichtigen Ereignissen, die sich genau an diesem besonderen Tag während der Jahre unseres Jahrhunderts zugetragen haben. Doch trotz all der großen Ereignisse des Weltgeschehens – es gibt immer auch persönlich wichtige Daten für jeden einzelnen Menschen, sei es ein Geburtstag, Hochzeitstag, Erinnerungstag oder der Tag, an dem eine entscheidende Prüfung bestanden wurde. So wird aus einem Tag im Spiegel des Jahrhunderts zugleich auch ein »persönlicher« Tag. Und endlich gibt es für all diese Anlässe das richtige Buch, das passende Geschenk!

Persönliches Horoskop

Was sagen die Sterne zu den jeweiligen Tagen? Außerdem erfahren Sie, welche bekannten Menschen unter dem gleichen Sternzeichen geboren wurden.

CHRONIK-BIBLIOTHEK DES 20. JAHRHUNDERTS

Von 1900 bis zur Gegenwart

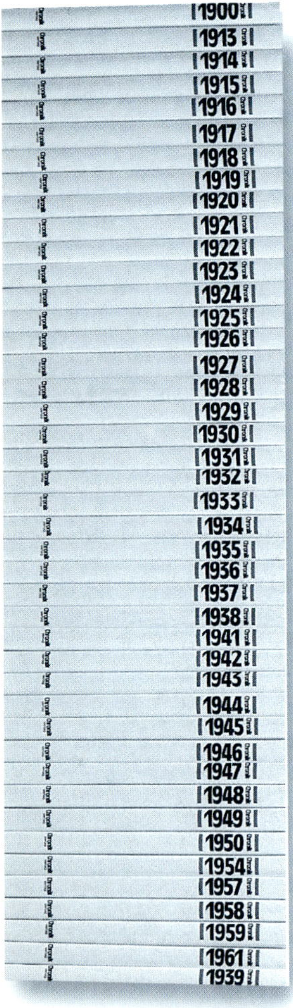

Die »Chronik-Bibliothek« ist die umfassende Dokumentation unseres Jahrhunderts. Für jedes Jahr gibt es einen eigenen, umfangreichen und zahlreich – überwiegend farbig – bebilderten Band. Tag für Tag wird dabei das Weltgeschehen in Wort und Bild nachgezeichnet – jetzt lückenlos bis in die Gegenwart. Sie können das jeweilige Jahr in chronologischer Folge an sich vorüberziehen lassen, aber die »Chronik« auch als Nachschlagewerk oder als Lesebuch benutzen. Ein prachtvolles Geschenk – nicht nur für Jubilare. Und wer die »Chronik-Bibliothek« sammelt, erhält ein Dokumentationssystem, wie es in dieser Dichte und Genauigkeit sonst nicht zu haben ist.